HEDWIG COURTHS-MAHLER

Die schöne Miss Lilian

HEDWIG COURTHS-MAHLER

Die schöne Miss Lilian

Roman

Weltbild Verlag

Genehmigte Lizenzausgabe für
Weltbild Verlag GmbH, Augsburg 1994
© by Gustav Lübbe Verlag GmbH, Bergisch Gladbach
Umschlagentwurf: Adolf Bachmann, Reischach
Titelbild: Zefa-Vloo, Düsseldorf
Gesamtherstellung: Ebner Ulm
Printed in Germany
ISBN 3-89350-610-1

Bei herrlichstem Sonnenschein und vollkommen ruhiger See glitt der riesengroße Luxusdampfer in schnellster Fahrt dahin.

Mr. Crosshill, vor vielen Jahren nach Amerika ausgewandert, dort reich geworden, kehrte mit seiner Tochter Lilian in die Heimat zurück. Mit ihnen an Bord war Bobby Blount, ein treuer Verehrer Lilians, Sohn des besten Geschäftsfreundes von Mr. Crosshill. Lilian hatte die Gelegenheit ungestörter Gespräche benutzt, um ihm klarzumachen, daß er sich keine Hoffnungen auf sie machen könne. Sie sei ihm herzlich zugetan, aber lieben könne sie ihn nicht. Nun standen Vater und Tochter nebeneinander auf Deck und sahen bewegt, wie das Land ihrer gemeinsamen Sehnsucht immer deutlicher hervortrat. Mr. Crosshill seufzte, seine Augen wurden feucht.

»Nicht aufregen, Papa«, bat Lilian.

Er schüttelte den Kopf.

»Was bei dem Anblick dieser Küste alles in mir lebendig wird! Ich sehe mich wieder, wie ich damals war, als ich der Heimat den Rücken kehrte. Ein Bettler war ich, ein Verzweifelter, der sich nur mühsam unter der Last des Schicksals aufrechthielt. Man hatte mir das Teuerste genommen, was ich hatte, das Mädchen, das ich liebte, und das sich für ihre Familie opfern mußte mit zerrissenem Herzen. Und als ich mir eine letzte Abschiedsstunde mit ihr vom Schicksal ertrotzte, da stahl mir der Mann, der mir die Geliebte geraubt, auch noch meine Ehre, und ich mußte es wehrlos geschehen lassen.«

»An diese trüben Dinge sollst du nicht denken, Papa«,

bat Lilian.

»Es drängt sich mir auf, mein Kind, ich rufe diese Gedanken nicht. Daß ich sie dir aussprechen kann, erleichtert mich. Ich habe dir ja alles das schon ganz ausführlich erzählt und du weißt, daß deines Vaters Ehre durch eine falsche Anschuldigung besudelt wurde, die ich nicht entkräften konnte. Auf meinem Namen ruht wohl heute noch der Schimpf, trotzdem man mich sicher längst zu den Toten geworfen hat. Nun, ich will tot sein für sie alle, solange dieser Makel nicht von mir genommen ist. Du sollst dich nicht bedrückt fühlen müssen unter dem falschen Verdacht, der auf mir ruht. Vielleicht gelingt es mir jetzt, ihn zu entkräften und meine Ehre reinzuwaschen, wenn ich es tun kann, ohne jene Frau zu belasten, die mir teurer war, teurer als meine Ehre, mein Leben. Vorläufig kehre ich als ein Fremder heim. Niemand wird mich mehr erkennen, und der fremde Name, den ich führe, wird uns vor Entdeckung schützen, bis du dich mit mir stolz zu dem Namen bekennen kannst, der uns zukommt.«

Am Spätnachmittag fuhr der Dampfer in den Hafen ein. Die Landung ging glatt vonstatten. Für Bobby Blount sowohl als auch für John Crosshill und seine Tochter, samt Sekretär und Dienerschaft, waren in einem ersten Hamburger Hotel Zimmer bestellt.

Schnell vergingen die beiden Tage in Hamburg, und die Reise wurde nach Berlin fortgesetzt.

John Crosshill und Lilian hatten Bobby Blount das Geleit zum Bahnhof gegeben. Er war früher abgereist, als er erst willens gewesen war.

Er hatte gefühlt, daß Vater und Tochter sich jetzt selbst genug waren und daß sie in ihrer Stimmung jeden Dritten als störende Gesellschaft empfinden mußten. Lilian entglitt ihm mehr und mehr. Er merkte, daß sie sich mit allen Sinnen dem neuen Leben in die Arme warf und sich nur mühsam beherrschte, um ihn nicht zu kränken.

Stumm saßen Vater und Tochter im Auto, das sie nach dem Hotel zurückbrachte. Hier empfing sie im Vestibül Mr. White, der Sekretär, der bereits die eingelaufene Post durchgesehen und Mr. Crosshill einige wichtige Mitteilungen zu machen hatte. Die beiden Herren traten abseits, und Lilian nahm inzwischen in einem der eleganten Korbsessel Platz, die im Vestibül aufgestellt waren. Sie stützte den Arm auf die Lehne und blickte durch die Glasfenster der Drehtür auf die Straße hinaus.

Da sah sie ein Auto vorfahren, dem ein schlanker, hochgewachsener Mann von ungefähr dreißig Jahren entstieg. Er schob die Drehtür mit einem energischen Ruck vorwärts und trat mit raschen, elastischen Schritten in das Vestibül.

Er schien mit den Räumlichkeiten des Hotels vertraut zu sein, denn ohne Zögern schritt er der im Hintergrund befindlichen teppichbelegten Marmortreppe zu. Dabei mußte er dicht an Lilian vorübergehen.

Wie magnetisch angezogen sah sie ihm nach.

Von der Treppe aus konnte er noch zweimal unauffällig nach ihr hinüberblicken, ohne sich umsehen zu müssen. Und er tat es in sehr diskreter Weise. Da sah er wieder die großen, dunkelblauen Augensterne Lilians fest auf die seinen gerichtet. Ihr Blick war frei und offen, und sie wandte sich nicht ab, wie dies wohl ein Mädchen normalerweise getan hätte.

Das schien ihm zu mißfallen. Er wandte sich hastig ab und war gleich darauf ihren Blicken entschwunden.

Mit einem tiefen Atemzug löste Lilian ihren Blick von der Stelle, wo der junge Mann entschwunden war, und sah zu ihrem Vater auf.

Lilian stieg langsam die Treppe empor zur ersten Etage, wo sich ihre Zimmer befanden. Als sie sich eben anschickte, in den langen Korridor einzubiegen, hörte sie jemand die Treppe aus der zweiten Etage herabkommen. Sie blickte auf und sah wieder den jungen Herrn von vorhin vor sich.

In demselben Augenblick hörte sie von oben eine Männerstimme rufen: »Herr von Ortlingen! Bitte, noch einen Moment!«

Darauf hielt der junge Herr seine Schritte an.

»Bitte sehr, ich komme zurück!« rief er hinauf und eilte die Treppe wieder empor, ohne Lilian weiter zu beachten. Diese aber war erschrocken zusammengezuckt, als sie den Namen »Ortlingen« hörte. Sie stand wie gelähmt und sah dem jungen Mann nach.

Von oben hörte sie zwei Männerstimmen eine Verabredung treffen für die Dinnerstunde. Aber die Worte fanden nicht Einlaß zu ihrem Verständnis, sie verklangen ihr wesenlos. Nur der Name Ortlingen prägte sich ihrer Seele ein wie ein bekannter Ton.

Sie strich sich über die Stirn und ging langsam weiter, bis in ihre Zimmer. Dort ließ sie sich von Betsy eine Kleinigkeit an ihrem Kleid ändern, rieb sich die Stirn mit Kölnisch Wasser und ging dann wieder hinunter, um ihren Vater im Lesezimmer aufzusuchen.

Sie setzte sich still neben ihm nieder, faßte seine Hand und sagte leise: »Papa, soeben ging ein Herr durch das Treppenhaus, der von einem anderen Herrn beim Namen gerufen wurde. Er hieß Ortlingen.«

John Crosshill beugte sich mit düsterem Gesichtsausdruck vor. »Wie sah dieser Herr von Ortlingen aus?« fragte er heiser.

»Der, den du meinst, kann es nicht sein. Der Herr zählte wohl kaum dreißig Jahre. Er war groß und schlank, hatte ein gebräuntes, energisches Gesicht, braunes Haar und große graue Augen. Sein Gesicht war bartlos und scharf geschnitten.«

John Crosshill strich sich über die Stirn. »Es gibt mehrere Träger dieses Namens. Vielleicht war es aber der Sohn Rudolfs. Warte einen Augenblick, Lilian, ich muß mich gleich erkundigen, ob ein Freiherr von Ortlingen hier im Hotel wohnt und woher er gekommen ist.«

Er erhob sich und ging hinaus. Nach einer Weile kehrte er mit blassem, erregtem Gesicht zurück. »Es war der Freiherr Ronald von Ortlingen, der Sohn meines Todfeindes. Da er Gutsherr von Ortlingen ist, muß sein Vater gestorben sein«, sagte er mit gepreßter Stimme.

»So ist dein Feind nicht mehr am Leben.«

»Nein. Und sein Sohn weilt mit mir unter einem Dach. Wie seltsam trifft sich das, mein Kind.«

In Lilians Herzen regte sich ein Gefühl, als müsse sie für Ronald von Ortlingen eintreten. Sie beugte sich vor und sah den Vater an. »Vergiß nicht, Papa, daß er nicht nur der Sohn deines Feindes ist, sondern auch der Sohn der Frau, die du geliebt hast.«

John Crosshill nickte. »Wie könnte ich das vergessen, Lilian. Aber er wird wohl seinem Vater gleichen. Doch sage mir, Lilian, was machte dieser junge Freiherr von Ortlingen für einen Eindruck auf dich?«

Lilian konnte es nicht hindern, daß eine leichte Röte in ihr Antlitz stieg. »Einen sehr sympathischen. Seine grauen Augen blickten offen und ehrlich.«

»So hat er die Augen seiner Mutter. Sein Vater hatte schwarze Augen. Ich hörte übrigens, daß er erst gestern abend angekommen ist und stets hier absteigt, wenn er in Berlin weilt. Auch weiß ich schon, daß er nur einige Tage hier zu bleiben gedenkt. Du siehst, Lilian – kaum bin ich in Deutschland angelangt, da streckt auch schon die Vergangenheit ihre Arme nach mir aus. Wissen möchte ich gern, ob seine Mutter noch am Leben ist.«

Er vertiefte sich in seine Lektüre, und Lilian blätterte. Plötzlich stutzte sie und sah schärfer und interessierter auf eine Stelle in der Zeitung. Sie las eine Notiz und ließ dann die Zeitung sinken.

»Papa!« rief sie überrascht.

Er blickte auf. »Was ist dir, Lilian?« fragte er, in ihr erregtes Gesicht sehend.

»Ach, Papa, da streckt die Vergangenheit schon wieder ihre Arme nach dir aus«, sagte sie mit einem seltsamen Lächeln.

»Was meinst du, Kind?«

»Sieh hier diese Zeitungsnotiz. Übermorgen findet ein Familientag derer von Kreuzberg und Kreuzberg-Breitenbach statt. Die Freiherren von Kreuzberg berufen ihn ein, und zwar soll die Zusammenkunft hier in diesem Hotel stattfinden. Was sagst du dazu?«

John Crosshill sah eine Weile vor sich hin. Dann richtete er sich plötzlich auf. »Weißt du, Lilian, diesem Familientag möchte ich brennend gern beiwohnen«, sagte er lebhaft.

»Wie können wir das, Papa? Fremde haben doch dazu sicher keinen Zutritt.«

»Nein, gewiß nicht. Aber trotzdem, ich muß mir das

einmal überlegen. Irgendeine Gelegenheit wird sich vielleicht finden, daß wir beide ungesehen dieser Versammlung beiwohnen können.«

»Und ich werde inzwischen eine kleine Promenade machen, Papa, und in einer halben Stunde zurück sein.«

Sie verabschiedeten sich mit einem Kuß und herzlichem Händedruck.

John Crosshill fuhr im Lift nach der ersten Etage, da ihm das Treppensteigen zu beschwerlich war, und begab sich in sein Zimmer. »Charles, lassen Sie mir Mr. White herbeirufen«, gebot er seinem Kammerdiener.

Nach wenigen Minuten war dieser zur Stelle.

»Sie haben mich rufen lassen, Mr. Crosshill?«

»Ja, Mr. White. Bitte nehmen Sie Platz, ich habe mancherlei mit Ihnen zu besprechen.«

John Crosshill besprach erst einige geschäftliche Sachen mit ihm. Dann, als das erledigt war, fuhr er fort:

»Außerdem habe ich noch einige Aufträge privater Natur für Sie, lieber White. Hier im Hotel wohnt der Freiherr von Ortlingen, der Besitzer des Gutes Ortlingen. Ich möchte gern wissen, ob dessen Mutter, die Freifrau Anneliese von Ortlingen, geborene Freiin von Strachwitz, noch am Leben ist und ob sie, wenn es der Fall ist, in Ortlingen lebt.«

John Crosshill strich zögernd über den graumelierten, kurzgehaltenen Lippenbart und setzte seine Brille auf, als müsse er Mr. White genauer sehen. »Noch ein Anliegen, das ebenfalls privater Natur ist und mit großer Delikatesse behandelt weren muß. Übermorgen findet hier im Hotel der Familientag eines deutschen Freiherrngeschlechtes statt. Der Freiherr Benno von Kreuzberg-Breitenbach hat diesen Familientag einberufen. Meine Tochter und ich haben ein großes Interesse daran, Zeugen dieses Familientages zu sein. Ein Fremder erlangt jedoch sicher keinen Zutritt. Man müßte es diplomatisch anfangen, daß man dieser Versammlung beiwohnen kann, möglichst, ohne selbst gesehen zu werden. Vielleicht findet sich ein Angestellter des Hotels bereit, uns für eine angemessene Belohnung in oder neben dem Raum, wo der Familientag stattfindet, ein Versteck anzuweisen, von dem aus wir Zeugen dieser Zusammenkunft sein könnten. Wird sich das machen lassen, Mr. White?«

»O yes, Mr. Crosshill. Mit Dollars ist alles zu machen«, sagte White überzeugt und mit seiner unerschütterlichen Ruhe.

Am nächsten Morgen nach dem Frühstück erstattete Mr. White seinem Herrn einen kurzen Bericht. Zuerst meldete er, daß die Mutter des Herrn von Ortlingen vor Jahresfrist gestorben sei.

»Und was haben Sie in der anderen Angelegenheit erreicht, Mr. White?«

Über dessen Gesicht flog der Schatten eines Lächelns.

»Es machte sich alles wie von selbst, Mr. Crosshill. Ich habe meinem Zimmerkellner einen Hundertmarkschein in die Hand gedrückt, und der hat seine Wirkung getan. Es ließ sich auch alles ganz günstig an. Der Familientag wird in einem kleinen Saal stattfinden, der oft zu Festlichkeiten benutzt wird. In diesem Saal befindet sich eine kleine Empore, die für die Musiker bestimmt ist, wenn solche verlangt werden. Diese Empore ist dicht mit Blattpflanzen bestellt, hinter der die Musiker sich mit ihren Instrumenten vor den Blicken der Gäste verbergen können. Zu dieser Empore führt eine schmale Tür, die in ein kleines Zimmer mündet, wo die Instrumente und ähnlicher Kram aufbewahrt werden. Vom Saal aus kann man die hochgelegene Empore nicht betreten, da kein Aufgang von dort hinaufführt. Ich habe selbst alles in Augenschein genommen und glaube, Sie und Miß Lilian werden von der Empore aus alles, was im Saal geschieht, hören und sehen können, ohne selbst gesehen zu werden.«

Mr. Crosshill klopfte seinem Sekretär auf die Schulter.

»Ich danke Ihnen, lieber White, es ist alles ganz vorzüglich geordnet. Wissen Sie auch, wann der Familientag beginnt?«

»Well, Mr. Crosshill, um 6 Uhr nachmittags. Nach der Sitzung soll ein Souper stattfinden.«

»Gut, gut! Ich danke Ihnen.«

Vater und Tochter verließen mit Mr. White das Zimmer.

Sie fuhren im Lift hinab, denn sie wollten an diesem Vormittag noch eine Gemäldeaustellung besuchen. Als sie den Fahrstuhl verließen, sah Lilian den Freiherrn von Ortlingen vor dem Blumenkiosk stehen. Er hatte anscheinend soeben einen Strauß roter Rosen erstanden. Diese Rosen überreichte er mit einer ritterlichen Verbeugung einer schlanken jungen Dame, die vor ihm stand. »Ich danke dir, lieber Ronald«, hörte Lilian die junge Dame sagen, und es lag viel Zärtlichkeit in diesen Worten. Die weiche, klare Frauenstimme klang Lilian aber schmerzhaft in den Ohren.

»Wie freue ich mich, Veva, daß du endlich hier bist, ich habe dich mit Sehnsucht erwartet«, sagte Ronald von Ortlingen gleichfalls sehr zärtlich und herzlich.

Auch das hörte Lilian.

Aber sie schritt hochaufgerichtet mit ruhigen Schritten weiter, und kein Zucken in ihrem etwas bleich gewordenen Antlitz verriet etwas von dem, was in ihr vorging.

»Es war seine Braut oder seine Frau«, sagte sie sich, und wußte nicht, warum sie diese Überzeugung so schmerzlich berührte. Aber was ging sie Ronald von Ortlingen eigentlich an? Es sollte und durfte sie nicht interessieren, daß eine andere Rechte an ihn hatte.

Am nächsten Nachmittag, kurz vor sechs Uhr, betraten Mr. Crosshill und seine Tochter das kleine Zimmer neben der Empore. Sie schlossen es von innen ab, damit sie niemand stören konnte, und nahmen dann leise in den beiden Sesseln auf der Empore Platz.

Gleich darauf begann sich der Saal mit plaudernden Menschen zu füllen, die sich zwanglos gaben, wie es Familienangehörige untereinander tun.

Dicht unter der Empore standen einige sehr junge Damen und vor ihnen ein hübscher, stattlicher Offizier, den sie »Vetter Lothar« nannten. Er brachte die drolligsten Sachen vor und erntete helles Lachen als Beifall. Am herzlichsten lachte er selbst.

»Dieser Vetter Lothar gefällt mir, Papa« flüsterte Lilian ihrem Vater zu.

»Soviel ich aus dem Gespräch höre, muß er ein Sohn von Benno Kreuzberg sein«, gab er ebenso leise zurück.

Als Fräulein Anastasia von Kreuzberg mit ihrer Nichte Genoveva eintrat, flog ein Lächeln über sein Gesicht. Er beugte sich zu Lilian herüber, zeigte auf die alte Dame und flüsterte: »Das ist Stasi Kreuzberg, die Schwester von Botho Kreuzberg. Sie hat sich so wenig verändert, daß ich sie sofort wiedererkenne. Und der hagere Herr

14

an ihrer Seite in Generalsuniform muß Benno Kreuzberg sein, also der Vater des lustigen ›Vetter Lothar‹, der dir so gut gefällt.«

Lilian nickte stumm. Ihre Augen hafteten mit brennendem Interesse auf der jungen Dame neben Stasi von Kreuzberg.

Also die junge Dame war eine Freiin von Kreuzberg? Wenn sie mit Ronald von Ortlingen verheiratet war, dann mußte dieser wohl auch noch kommen. Allein er trat nicht ein.

Nach und nach waren wohl an die sechzig Personen in den Saal getreten. Das Plaudern und Begrüßen da unten wurde immer lebhafter.

Der hagere Herr in der Generalsuniform trat an die obere Schmalseite der langen Tafel und gab mit einer vor seinem Platz stehenden Klingel ein Zeichen.

»Ich bitte Platz zu nehmen!« rief er laut mit seiner scharfen Kommandostimme. Der General stand aufrecht, eine stolze Erscheinung, straff und ungebeugt, trotzdem er bereits fünfundsechzig Jahre zählte.

»Meine lieben Anverwandten«, begann er, »als Ältester unseres Geschlechts ergreife ich hiermit das Amt des Präsidenten und Vorsitzenden unseres heutigen Familientages. Ich werde die Liste vorlesen, um zu kontrollieren, ob keiner fehlt. Ich bitte, daß sich jeder, dessen Namen ich nenne, von seinem Platz erhebt.«

John Crosshill beugte sich vor und lauschte atemlos. Auch Lilians Interesse wurde gefesselt.

Für Lilian war es am interessantesten, zu erfahren, wer die junge Dame mit dem kastanienbraunen Haar war. Und jetzt rief der Präsident: »Freiin Genoveva von Kreuzberg-Breitenbach, einziges Kind von Botho von

Kreuzberg-Breitenbach.«

Da erhob sich die junge Dame. Genoveva; Veva hatte er sie genannt. Also ist sie noch nicht seine Frau, sondern seine Braut, dachte Lilian.

»Ich habe einen Namen übergangen, der noch auf dieser Liste steht«, fuhr der General nach kurzer Pause fort. »Wir alle wissen, daß der Träger dieses Namens seit langen Jahren verschollen ist. Wir müssen wohl annehmen, daß der Freiherr Hans von Kreuzberg-Breitenbach, der vor etwa dreißig Jahren nach Amerika auswanderte, nicht mehr am Leben ist und auch keine Nachkommen hinterlassen hat. Wir können ihn ohne Schwierigkeiten amtlich als ›Toten‹ feststellen lassen. Damit erlischt dann der Name des einzigen Freiherrn von Kreuzberg-Breitenbach, der diesen Namen mit einem Makel, mit einem Schimpf befleckt hat, und den wir nicht stolz als zu unsrer Familie gehörig betrachten konnten.«

Nach diesen Worten erhob sich plötzlich die von allen Familienmitgliedern »Tante Stasi« genannte alte Dame.

»Ich bitte ums Wort, Benno!« rief sie energisch.

»Du hast es, Stasi«, erwiderte der General und setzte sich.

Tante Stasi sah sich an der Tafel um, als prüfe sie die Gesichter. »Ich stehe dafür ein, daß Vetter Hans sich ebensowenig einer unehrenhaften Handlung schuldig gemacht hat wie je ein Kreuzberg. Zu Unrecht ist er von einem Feind verdächtigt worden, der ihm schaden wollte. Das ist meine feste Überzeugung. Sicher ist Hans von Kreuzberg tot, da er nie etwas von sich hören ließ. Und einen Toten, der sich nicht verteidigen kann, soll man nicht schmähen. Ich dulde nicht, daß man ihm in meiner Gegenwart etwas Schlechtes nachsagt.«

Der General sah sie mit einem feinen, halb mitleidigen, halb spöttischen Lächeln an. »Liebe Stasi, es ist sehr lobenswert von dir, daß du für einen Toten so tapfer eintrittst. Aber es ist doch bewiesen, daß er einen Diebstahl begangen hatte. Sonst hätte er doch diese Beschuldigung von sich gewiesen und sich gerechtfertigt. Er hat dazu geschwiegen und ist entflohen. Du beurteilst ihn, wie es dir dein Herz eingibt, weil du eine kleine Schwäche für ihn hattest.«

Tante Stasi schien zu wachsen, und ihre kleinen Augen funkelten in edlem Stolz.

»Was du eine kleine Schwäche nennst, lieber Vetter, das ist für mich das Größte, Heiligste und Herrlichste in meinem Leben gewesen. Ich mache keinen Hehl daraus und leugne es nicht, daß ich Hans von Kreuzberg geliebt habe – mit der ganzen Tiefe und Kraft meines Herzens. Diese Liebe habe ich stets als aussichtslos erkannt und bin mir wohl bewußt gewesen, daß ein so häßliches Geschöpf wie ich auf keine Gegenliebe hoffen durfte. Als ich noch jung war, wäre ich lieber gestorben, als daß ich mich zu dieser Liebe bekannt hätte, und am wenigsten hat Hans von Kreuzberg davon etwas gemerkt. Aber jetzt bin ich eine alte Frau, und das alles liegt heute weit hinter mir. Doch diese Liebe hat meinem ganzen Leben Wert gegeben und hat mich nicht verknöchern lassen. Deshalb lasse ich sie, die mein einsames Leben mit einem sonnigen Abglanz erwärmte, auch heute noch nicht, von wem es auch sei, spöttisch und mitleidig als eine ›kleine Schwäche‹ abtun. Euer Spott trifft mich nicht und euer Mitleid brauche ich nicht. Auch eine häßliche Frau vermag mit aller Kraft ihres Herzens zu lieben und zu entsagen.«

In diesen Worten lag eine Schlichtheit und eine Überzeugungskraft, daß sich die Anwesenden des tiefen Eindrucks nicht erwehren konnten.

Der General zögerte eine Weile, dann sagte er ernst: »Verzeihe mir, liebe Stasi, wenn ich dich durch ein unbedachtes Wort gekränkt habe. Es lag gewiß nicht in meiner Absicht. Daß du so mutig ein solches Bekenntnis ablegtest, kann dir nur zur Ehre gereichen. Wir alle wissen, daß du ein großherziges, edles Geschöpf bist, sonst käme nicht jung und alt in allen Nöten zu ›Tante Stasi‹, um bei ihr Trost und Rat zu suchen. Aber über Hans von Kreuzberg urteilst du wohl, kraft deiner Liebe, nicht unbefangen genug. Wir alle, die wir ihn kannten, haben ihm nichts Unehrenhaftes zugetraut. Aber daß er sich ohne Rechtfertigung Dieb nennen ließ, spricht doch gegen ihn.«

»Glaubt ihr alle, was ihr wollt, ich kann euch nicht zu meinem Glauben zwingen. Aber ich lege meine Hand für ihn ins Feuer und weiß, daß er unschuldig ist.«

Damit setzte sich Tante Stasi. Statt ihrer erhob sich Genoveva von Kreuzberg. »Onkel Benno, darf ich einige Worte zu dieser Angelegenheit bemerken?« sagte sie zaghaft.

»Du hast das Wort, Veva.«

»Ich wollte nur bemerken, daß mir Ronald von Ortlingen kurz nach dem Tod seiner Mutter einmal sagte, daß Hans von Kreuzberg irrtümlich von seinem Vater des Diebstahls beschuldigt worden sei. Er sagte mir, daß er stets für dessen Unschuld einstehen würde, wenn jemand in seiner Gegenwart Hans von Kreuzberg schmähen würde. Und sicher wird er dir das bei Gelegenheit bestätigen.«

Lilian stieß einen zitternden Atemzug aus und sah ihren Vater an. Dessen Antlitz war bleich, aber er lächelte mit glänzenden Augen.

Benno von Kreuzberg hatte das Haupt geneigt. »Ich danke dir für diese Mitteilung, Veva, und wir wollen hoffen, daß der Makel, der auf Hans von Kreuzbergs Namen ruht, getilgt werden kann. Da wir zusammengekommen sind, um über die Erbteilung des Nachlasses von Vetter Wilhelm zu beraten, müssen wir darüber schlüssig werden, ob Hans Kreuzberg als Erbe mitzählt oder ob wir ihn gesetzlich für tot erklären lassen sollen und ihn von der Erbschaft ausschließen. Darüber wollen wir abstimmen.«

»Darf ich noch einmal für einige Minuten ums Wort bitten?« fragte Tante Stasi ruhig und bestimmt.

»Bitte, sprich, liebe Stasi.«

»Ich möchte einen Vorschlag machen. Wie wir wissen, zerfällt das Erbe in zwanzig gleich große Teile. Würden wir Hans von Kreuzberg ausscheiden, wäre die Erbschaft nur in neunzehn Teile zu zerlegen. Es verkürzt jedoch jeden nur um ein Geringes, wenn wir zwanzig Teile daraus machen, statt neunzehn. Ich schlage vor, daß wir diesen zwanzigsten Teil zu einer Art Familienstiftung bestimmen. Solange sich weder Hans von Kreuzberg noch seine eventuellen Erben melden, können die Zinsen dieses kleinen Kapitals für besondere Fälle an Mitglieder unserer Familie vergeben werden.«

Benno von Kreuzberg nickte zustimmend.

»Dein Vorschlag ist nicht übel, Stasi. Wir können nachher darüber abstimmen. Jetzt bitte ich weiter um Aufmerksamkeit. Wie euch allen bekannt ist, hat Wilhelm von Kreuzberg-Breitenbach, der als Junggeselle und ohne direkte Leibeserben starb, kein Testament hinterlassen. Kreuzberg ist nicht Majorat, und folglich partizipieren seine Vettern und Basen, da er auch keine Geschwister hat, so ziemlich zu gleichen Teilen an der Erbschaft, wie Stasi schon bemerkte. Kreuzberg ist zur Hälfte mit Hypotheken belastet. Seit dem vor sechs Monaten erfolgten Ableben des Erblassers habe ich versucht, die Geschäfte in Kreuzberg so leidlich zu führen, wirksam von unserer Tante Stasi unterstützt. Meine Umfrage hat ergeben, daß keiner von uns Lust hat, das Gut zu bewirtschaften, wie es sein müßte. Die Angelegenheit muß aber nun geregelt werden. Mancher von uns rechnet mit dem kleinen Erbe, das ihm zufallen soll, ich selbst gehöre dazu, denn meine drei Söhne kosten mich viel Geld, da sie alle drei noch Zuschuß brauchen. So pietätlos es klingen mag, es bleibt uns nichts anderes übrig, als Kreuzberg zu verkaufen. Wir wollen darüber abstimmen, ob ihr alle damit einverstanden seid.«

Nach diesen Worten des Generals wurde abgestimmt, und alle waren einverstanden mit dem Verkauf.

Benno von Kreuzberg verkündete das Resultat der Abstimmung und fuhr fort: »Es ist sonach beschlossene Sache, daß Kreuzberg verkauft wird. Es fällt mir nun natürlich schwer aufs Herz, daß Tante Stasi und Genoveva durch diesen Verkauf heimatlos werden. Wie uns Stasi gleich nach Wilhelms Tode mitteilte, hat dieser die Absicht gehabt, Genoveva zu seiner Haupterbin zu machen. Er hat aber kein Testament hinterlassen, und wir sind alle nicht reich genug, großmütig auf unser Erbteil zu verzichten.«

Tante Stasi bat abermals ums Wort. »Macht euch um uns keine Sorge, wir werden niemand von euch zur Last fallen. Wenn es irgend geht, bleiben Veva und ich zusammen, und wir werden uns schon unser Leben zurechtzimmern. Jedenfalls verlasse ich das verwaiste Kind meines einzigen Bruders nicht.«

Lilian Crosshill flüsterte ihrem Vater zu: »Diese Tante Stasi ist eine goldige Person, trotz ihrer Häßlichkeit, man muß ihr gut sein. Ich könnte sie herzlich liebgewinnen.«

John Crosshill nickte und flüsterte zurück: »Da liegt eine Aufgabe vor uns, Lilian. Wir werden dafür sorgen, daß diese beiden tapferen Frauen eine sorglose Zukunft haben.«

Unten ging die Verhandlung weiter. Es wurde noch allerlei beraten und erwogen. Tante Stasis Vorschlag bezüglich der Familienstiftung wurde näher besprochen und abgestimmt. Man nahm ihn einstimmig an.

John Crosshill hatte seine Tochter durch ein Zeichen zum Aufbruch aufgefordert. Lilian merkte sehr wohl, daß der Vater erregter war, als er zugeben wollte.

Leise traten sie auf den Korridor hinaus. Es war draußen ganz still, niemand bemerkte sie.

»Wir haben genug gehört und gesehen, Lilian, bei dem Souper wird es kaum noch etwas von Interesse für uns geben«, sagte John Crosshill, als die Tür hinter ihnen geschlossen war.

Eine halbe Stunde später saß John Crosshill mit seiner Tochter in Lilians Salon beim Souper.

John Crosshill faßte die Hand seiner Tochter.

»Mir ist zumute, Lilian, als hätte ich heute ein köstliches Geschenk erhalten. Ich segne den Zufall, der diesen Familientag in dieses Hotel verlegte, und gerade zu einer Zeit, in der ich hier weilte.«

»Das kann ich dir nachfühlen, mein lieber Papa. Auch

ich empfinde eine herzliche Freude über das, was die prachtvolle Tante Stasi und die liebreizende Genoveva sagten.«

Sinnend nickte der alte Herr vor sich hin.

Lilian sah ihn groß und fragend an. »Willst du dich ihnen zu erkennen geben, Papa?«

»Nein, noch nicht, noch ist meine Ehre nicht reingewaschen. Ehe das nicht der Fall ist, zeige ich mich nicht in meiner wahren Gestalt. Aber meine Stunde wird kommen, und ich werde tun, was ich kann, um sie herbeizuführen, schon deinetwegen, meine Lilian. Doch still, White kommt. Du sollst gleich hören, was ich für Pläne habe.«

Mr. White trat ein.

»So, lieber White, nun setzen Sie sich zu uns und nehmen Sie Ihren Notizblock zur Hand.

In den nächsten Tagen wird in verschiedenen Zeitungen eine Annonce erscheinen, in welcher das Rittergut und das Schloß Kreuzberg zum Verkauf angeboten werden. Aus dieser Annonce werden Sie alles Nähere über den Verkauf erfahren. Ich werde selbst darauf achten, wenn sie erscheint, und Sie darauf aufmerksam machen. Es ist meine Absicht, Kreuzberg auf jeden Fall zu kaufen, und ich beauftrage Sie mit dem Abschluß dieses Geschäftes, verstehen Sie wohl?«

»Ich werde alles zu Ihrer Zufriedenheit ausführen, Mr. Crosshill.«

»Davon bin ich überzeugt. Aber nun weiter. Später habe ich noch eine andere delikatere Mission für Sie, von der ich Ihnen jetzt schon sprechen will. Der vorige Besitzer von Kreuzberg ist gestorben, deshalb steht das Gut, erbteilungshalber, zum Verkauf. In Schloß Kreuzberg hat bisher eine Verwandte des Besitzers, die Freiin Anastasia von Kreuzberg-Breitenbach – bitte, notieren Sie den Namen –, den Haushalt geführt. Ich möchte diese Dame, wenn irgend möglich, verpflichten, diesen Posten auch in Zukunft zu behalten. Sie werden ihr, gleich nachdem wir das Gut besichtigt haben, einen Besuch machen und ihr Vorschläge unterbreiten. Detaillieren werde ich Ihnen diese Vorschläge noch in den nächsten Tagen. Sie müssen das alles mit Ihrer gewohnten Delikatesse anfassen. Das Angebot soll nichts Demütigendes für die Dame haben. Verstehen Sie?«

»Vollkommen, Mr. Crosshill.«

»Gut. Nun weiter. In Kreuzberg lebt auch eine Nichte dieser Dame, die Freiin Genoveva von Kreuzberg-Breitenbach. Diese junge Dame läßt sich vielleicht, wenn wir es klug anfassen, bestimmen, als Gesellschafterin meiner Tochter in Kreuzberg zu bleiben.«

John Crosshill besprach nun noch einige Einzelheiten in dieser Angelegenheit mit Mr. White.

Nachdem diese Unterredung beendet war, zog sich Mr. White zurück. Vater und Tochter blieben noch ein Weilchen beisammen sitzen und sprachen von dem, was sie auf ihrem Lauscherposten gehört hatten, und was nun in Zukunft geschehen sollte.

Im Laufe des Gespräches bemerkte der alte Herr: »Auf diese Weise werden wir übrigens die nächsten Nachbarn von Ronald von Ortlingen, Lilian.«

Diese erhob betroffen lauschend den Kopf. Ihr Herz klopfte plötzlich in raschen, wilden Schlägen, und ihre Augen weiteten sich in einem seltsamen Staunen.

»Wie meinst du das, Papa?« fragte sie mit verhaltener Stimme.

»Das Gut Ortlingen grenzt direkt an Kreuzberg. Ortlingen liegt höchstens eine Stunde von Kreuzberg entfernt. In wenigen Tagen, wenn wir das Gut besichtigen, werde ich Schloß Kreuzberg schon wiedersehen. Ganz warm wird mir ums Herz bei dem Gedanken.«

»Wird dich ›Tante Stasi‹ nicht wiedererkennen, Papa? Die Augen der Liebe sehen scharf«, sagte Lilian.

Auch über ihres Vaters Gesicht flog ein Lächeln. »Mein Haar ist fast weiß geworden, und die Zeit hat Runen in mein Antlitz gegraben. Auch trage ich den Bart anders wie früher. Zur Vorsicht will ich aber noch meine blaue Schutzbrille aufsetzen, die ich an sehr sonnigen Tagen ohnedies zu tragen pflege. Dann soll es ihr wohl schwer werden, mich zu erkennen.«

Lilian schlang zärtlich den Arm um den Vater. »Wie seltsam doch der Zufall gespielt hat, lieber Papa.«

»Ja, mein Kind, sehr seltsam. Und es ist ein Gefühl des Friedens in mir, wenn ich bedenke, daß wir nun in Kreuzberg eine Heimat haben werden und daß ich, so Gott will, dort meine letzte Ruhestatt finden werde, in der kleinen Kapelle, die von wilden Rosen umrankt ist.«

Schloß Kreuzberg war ein geräumiges Gebäude im Stil der Spätrenaissance. Es lag auf einem mäßig hohen Berg, der aus dem Wald emporstrebte und rings mit dichten Waldungen bewachsen war.

Der Berg, auf dessen Plateau das Schloß lag, hatte eine seltsame, deutlich erkennbare Kreuzform. In der alten Familienchronik konnte man lesen, daß diese seltsame Form des Berges einen aus den Kreuzzügen heimkehrenden Ritter, den Ahnherrn der Familie, bestimmt hatte, sich hier niederzulassen.

Die Kreuzbergs hatten dann durch eine Heirat auch das Gut Breitenbach an sich gebracht. Damals war die höchste Glanzzeit des Geschlechtes, das eine Zeitlang zu den reichsten des Landes zählte. Aber dann verblich der Glanz langsam wieder. Breitenbach mußte verkauft werden, um Kreuzberg der Familie zu erhalten. Das war vor ungefähr hundert Jahren geschehen. Auch der Grundbesitz war langsam weiter zusammengeschmolzen, und heute war Kreuzberg nur noch ein mäßig großes Gut, zu dem das stolze, große Schloß nicht mehr im richtigen Verhältnis stand. Ein großer Teil der Zimmer war völlig unbenutzt.

Es war eine Woche nach der Rückkehr der beiden Damen von Berlin. Tante Stasi saß in dem behaglichen Erkerausbau des Wohnzimmers am Nähtisch und stichelte eifrig an einer feinen Näherei.

Ihr gegenüber saß, wie der verkörperte Frühling, Genoveva von Kreuzberg, ebenfalls mit einer Näherei beschäftigt.

Schweigend hatten sich die beiden Damen lange Zeit gegenübergesessen, jede mit ihren eigenen Gedanken beschäftigt. Endlich sagte Veva, tief aufatmend:

»Nun werden unsere Tage hier in Kreuzberg bald gezählt sein, Tante Stasi. Wir wollen nicht darum klagen. Du sagst ja selbst immer, der liebe Gott wird schon wissen, warum er es geschehen ließ, daß Onkel Wilhelm kein Testament machte.«

Tante Stasi ließ ihre Arbeit sinken. Sie sahen sich an und lächelten in Erinnerung an diese Schwäche des Verstorbenen.

»Es ist mir ein Trost, Veva, daß du diese Enttäuschung so tapfer trägst. Was nützt auch das Kopfhängen? Dazu sind wir beide nicht geschaffen, gelt? Und durch Klagen wird nichts geändert. Im übrigen, na Kind, ich weiß ja doch, trotzdem du so heimlich tust, daß du eine schöne frohe Hoffnung für die Zukunft mit dir herumträgst.« Veva wurde glühend rot, und Tante Stasi sah sie lächelnd und forschend an.

»Was meinst du damit, Tante Stasi?« fragte Veva verwirrt.

»Ach, geh! Spiele doch nicht so Verstecken mit deiner alten Tante! Trotz meiner kleinen Schlitzaugen, die ohne Brille streiken, sehe ich doch, daß du ein stilles, leuchtendes Glück mit dir herumträgst, und ich erfreue mein altes Herz daran.«

Veva küßte ihr die Hand. »Liebe, gute Tante!«

Die alte Dame nickte ihr zu und richtete sich auf.

»Nun müssen wir aber energisch darangehen, Zukunftspläne zu machen. Jeden Tag kann Kreuzberg verkauft werden, und dann müssen wir wissen, was wir tun. Für die erste Not besitze ich ja mein elterliches Erbteil, das ich bisher nicht anzugreifen brauchte. Und du hast auch eine Kleinigkeit von deinen Eltern. Onkel Wilhelm hat das Geld in Staatspapieren angelegt. Dazu kommt dann unser Anteil an der Verkaufssumme von Kreuzberg. Allein von den Zinsen können wir freilich, auch bei den bescheidensten Ansprüchen, nicht leben. Folglich müssen wir etwas verdienen.«

Veva nickte. »Ja, Tantchen. Ronald hat mir zwar schon angeboten, du und ich sollen, wenn Kreuzberg verkauft ist, einstweilen als seine Gäste in Ortlingen leben. Aber das habe ich glatt abgelehnt. Das geht doch nicht.«

»Nein, nein, an Ortlingen ist nicht zu denken. Aber lieb ist es doch von Ronald, daß er uns solch ein Angebot macht. Er ist Gott sei Dank seinem Vater so unähnlich wie möglich. Er ist nach seiner lieben guten Mutter geraten.«

Veva nickte mit strahlenden Augen. »Ein lieber, herrlicher Mensch ist er, und ich bin sehr glücklich, Tante Stasi, daß du nicht zürnst.«

»Zürnen? Ach du kleine Närrin! Wie soll ich dir zürnen, weil du einen Menschen so recht von Herzen liebhast. Da müßte ich aus anderem Holz geschnitzt sein.«

In diesem Moment trat ein Hausmädchen ein. Das Mädchen überreichte Tante Stasi ein Telegramm.

Tante Stasi öffnete die Depesche und las: »Heute nachmittag wird ein Amerikaner, Mr. Crosshill, Kreuzberg besichtigen. Scheint ernste Kaufabsichten zu haben. Bitte empfangen und herumführen. Ich kann nicht abkommen. Herzlichen Gruß. Benno.«

»Es ist gut, Lene, Antwort ist nicht nötig«, sagte die alte Dame und reichte Veva die Depesche, während das Mädchen wieder hinausging.

»Nun, wir sind bereit.«

Sie ergriff ihren Schlüsselkorb. »Ich will doch gleich noch einmal durch alle Zimmer gehen, damit dieser Mr. Crosshill alles in Ordnung findet.«

Damit ging Tante Stasi aus dem Zimmer.

Veva trat an das Fenster und sah hinaus. Die Augen wurden ihr feucht. Es würde doch sehr schwer sein, diese warme, traute Heimat zu verlassen, in der sie nie gefühlt hatte, daß sie eine arme Waise war.

Gleich darauf ließ sich Ronald von Ortlingen den Damen melden. Er wollte sich nach ihrem Befinden erkundigen.

Tante Stasi erzählte ihm gleich, daß der General für den Nachmittag einen Käufer angekündigt hatte.

»Denke dir, Ronald, es ist ein Amerikaner«, fügte Veva hinzu. Sie reichte ihm die Depesche.

Ronald von Ortlingen sah darauf nieder, und als er den Namen Crosshill las, stutzte er. Wie durch Zaubermacht stand plötzlich Lilian Crosshills Erscheinung vor ihm, so, wie er sie zuerst gesehen im Vestibül des Hotels. Dieser Mr. Crosshill war wohl der Vater dieser jungen Dame. Trotzdem er sich energisch dagegen wehrte, hatte er, seit er von Berlin zurückgekehrt war, immer wieder an die schöne Amerikanerin denken müssen. Etwas in ihrem Wesen hatte doch sein Interesse geweckt, obwohl er sie als »kokette Amerikanerin mit freien Manieren« abtun wollte.

Er legte langsam die Depesche zusammen.

»Ein Mr. Crosshill wohnte in Berlin in demselben Hotel wie wir. Ich hörte, er sei ein Dollarmillionär. Im Hotel bewohnte er eine Reihe von Zimmern. Also dürfte er ein zahlungsfähiger Käufer sein«, sagte er langsam, wie gegen seinen Willen.

Tante Stasi strich resolut über die Tischdecke.

»Nun, wenn Kreuzberg schon verkauft werden muß, dann ist es nötig, daß der Kaufpreis gleich bar ausgezahlt wird. Und so mag der Amerikaner in Gottes Namen kommen.«

»Ist Ihnen der Gedanke nicht schmerzlich, daß ein Ausländer, vielleicht gar ein ungebildeter Emporkömmling, Besitzer von Kreuzberg werden könnte?«

Tante Stasi zuckte die Schulter.

»Lieber Ronald, Sie wissen, daß ich ziemlich demokratisch veranlagt bin. Wenn wir warten wollen, bis ein

28

Käufer von altem deutschem Adel kommt, dann würde Kreuzberg wohl noch lange unverkauft bleiben. Und es warten doch so viele Menschen auf ihr bißchen Erbteil.«

»Von diesem Standpunkt aus haben Sie recht, Tante Stasi. Und wie denkst du darüber, Veva?«

Ronald und Veva nannten sich noch »du« seit ihren Kindertagen.

Sie sah ihn lächelnd an. »Auf mich haben entschieden Tantes demokratische Ansichten abgefärbt, und ich schließe mich an. Hoffentlich verwendet der Amerikaner seinen Reichtum, um unser liebes altes Kreuzberg noch zu verschönern.«

Sie plauderten angeregt noch über mancherlei. Dann verabschiedete sich Ronald.

Veva ging mit ihm hinaus und trat an sein Reitpferd heran, dem sie ein Stück Zucker reichte.

Ronald schwang sich leicht und elastisch in den Sattel. Er bot in dem eleganten, gutsitzenden Reitanzug auf dem edelgebauten Vollblüter eine prachtvolle Erscheinung. Roß und Reiter schienen aus einem Guß.

Vom Pferd herab reichte er Veva nochmals mit einem warmen Blick die Hand.

»Adieu, Veva! Ich schreibe heute an Georg. Soll ich ihm einen Gruß bestellen?«

Sie sah zu ihm auf, und in ihren Augen schimmerten goldene Funken. »Ja, bitte, tue das, lieber Ronald.«

Er sah sich um, ob keine Lauscher in der Nähe waren, und beugte sich herab. »Und ist meine kleine Veva auch guten Mutes?«

Sie nickte und drückte seine Hand. »Sei unbesorgt.«

Es war nachmittags in der vierten Stunde, als der Wagen, der Mr. Crosshill, seine Tochter und seinen Sekretär nach Kreuzberg bringen sollte, langsam den Schloßberg hinanrollte.

Gleich darauf hielt der Wagen vor dem Portal. Ein Stallbursche, der für heute als Diener mit einer vorhandenen Livree herausstaffiert worden war, öffnete den Wagenschlag. John Crosshill gab ihm seine Karte.

»Melden Sie uns den Damen«, sagte er.

»Bitte sehr, gnädiger Herr, die Damen erwarten Sie schon und lassen bitten«, berichtete der Bursche getreu seiner Instruktion.

Als John Crosshills Fuß die Schwelle des Schlosses überschritt, faßte er, wie von einer heimlichen Erregung überwältigt, nach der Hand seiner Tochter.

Ein schlicht, aber vornehm ausgestattetes Empfangszimmer wurde ihnen geöffnet. Sie traten ein. Zu gleicher Zeit öffnete sich eine gegenüberliegende Tür, und Tante Stasi und Veva kamen dem Besuch entgegen.

Da Tante Stasi dem Licht den Rücken kehrte und ihr Gesicht im Schatten lag, merkten die Ankommenden nicht, daß sich dieses Gesicht plötzlich verfärbte und sich die Augen der alten Dame einen Moment in fassungslosem Staunen weiteten. Es merkte auch niemand, daß sie einen scharfen, forschenden Blick nach der linken Schläfe John Crosshills richtete. Dort entdeckte sie eine schwache, halbrund geformte kleine Narbe, und diese Narbe betrachtete sie einen Augenblick wie gelähmt.

»Ich habe die Ehre, die Freiinnen von Kreuzberg vor mir zu sehen?« fragte John Crosshill mit seiner warmen, sympathischen Stimme.

Auch diese Stimme berührte Tante Stasi wie ein vertrauter Klang aus alter Zeit. Ihre Stimme war dagegen etwas unsicher und heiser, als sie, sich ebenfalls verneigend, antwortete: »Und wir haben das Vergnügen, mit Mr. Crosshill zu sprechen, nicht wahr?«

»So ist es, mein gnädiges Fräulein.«

Tante Stasi sah mit einem seltsamen Blick in Miß Lilians schönes, leuchtendes Gesicht. Ihr Herz klopfte noch immer in starker Erregung. Es drängte sie, einem jähen Impuls folgend, der jungen Dame in warm aufquellender Herzlichkeit die Hand entgegenzustrecken. Aber sie beherrschte sich und verneigte sich nur. Dann machte sie Lilian und Mr. White formell mit Veva bekannt.

»Wollen Sie zuerst das Innere des Hauses besichtigen?«

»Ich bitte darum.«

Tante Stasi holte ihr Schlüsselkörbchen aus dem Wohnzimmer herüber. Als sie allein war, preßte sie die Hände an die Augen und murmelte in tiefer Erregung: »Mein Gott! Mein Gott!« Und mit zitternden Händen tastete sie nach dem Schlüsselkörbchen.

Als sie aber wieder zu den andern trat, schien sie ganz still und ruhig zu sein.

Sie gingen nun durch das ganze Schloß. Tante Stasi schritt an John Crosshills Seite voraus, und sie kam sich vor, als wandle sie im Traum einher. Die beiden jungen Damen folgten mit Mr. White.

Nachdem John Crosshill in der großen Vorhalle ein Weilchen in einem Sessel geruht hatte, folgte eine Besichtigung der Wirtschaftsgebäude, die hinter dem Schloß lagen. Auf dem Weg dahin kamen sie an der kleinen Kapelle vorüber, in der die Freiherren von Kreuzberg zur letzten Ruhe bestattet worden waren.

John Crosshill schloß einen Moment die Augen und sog den Duft der Heckenrosen, mit denen sie bewachsen war, ein wie eine liebe Erinnerung.

Tante Stasi sah zu ihm auf, und ihr Gesicht wurde bleich vor Erregung. Hier vor dieser Kapelle, neben den blühenden Rosensträuchern, hatte sie vor vielen, vielen Jahren ein junges Paar in zärtlicher Umarmung stehen sehen. Es war gelegentlich eines Festes in Schloß Kreuzberg gewesen. Stasi von Kreuzberg hatte auf diesem Fest gemerkt, daß der Mann, den sie liebte mit einer stillen, wunschlosen Neigung, sein Herz an Anneliese von Strachwitz verloren hatte. Daran mußte sie jetzt denken, als der ergraute Mann an ihrer Seite auf die Kapelle zuschritt. Und sie sah, daß die kleine runde Narbe an seiner Schläfe sich rötete wie in Erregung.

»Wünschen Sie die Kapelle zu besichtigen?« fragte sie leise, als scheue sie sich, ihn in seinen Gedanken zu stören. John Crosshill schrak wie aus einem Traum empor, und ein mühsamer, zitternder Atemzug hob seine Brust. Er blieb stehen und sah sich nach seiner Tochter um, als wollte er sie erwarten.

»Willst du die Kapelle ansehen, Lilian?« fragte er.

»Es ist die Begräbnisstätte der Freiherren von Kreuzberg«, sagte Veva erklärend zu Lilian.

Diese schauerte im warmen Sonnenschein wie im Frost zusammen und sah ihren Vater an. Dann schüttelte sie hastig den Kopf. »Nein, o nein!«

John Crosshill ging weiter. »Wir wollen den Frieden der Toten nicht stören, mein gnädiges Fräulein«, sagte er zu Tante Stasi.

Dann plauderte er, weiter gehend, mit ihr von konventionellen Dingen.

Sie gingen ins Schloß zurück. Als sie wieder an der Kapelle vorbeikamen, pflückte Mr. Crosshill scheinbar ganz absichtslos eine eben aufbrechende Blüte von dem Heckenrosenstrauch, der direkt die Tür umrahmte. Eine Weile hielt er sie wie achtlos in der Hand. Aber Tante Stasis Blicken entging es nicht, daß er sie sorglich zu sich steckte.

In einem kleinen, hellen Gartensaal, dessen Fenster von der Decke bis zum Fußboden reichten und aus denen man wie durch eine Tür ins Freie treten konnte, ließ Tante Stasi den Tee servieren.

Das Hausmädchen Lene bediente die Herrschaften, da man dies Amt dem Stallburschen doch nicht übertragen konnte.

»Sie müssen entschuldigen, meine Herrschaften, wenn die Bedienung etwas ungeschickt ist«, sagte Tante Stasi mit lächelndem Freimut. »Seit dem Tod des letzten Besitzers von Kreuzberg ist der größte Teil der Dienerschaft entlassen worden. Wir sind nicht mehr auf Gäste eingerichtet.«

»Sie wollen nun Kreuzberg verlassen?«

»Wir müssen, sobald der neue Besitzer nach Kreuzberg kommt.«

»Wird Ihnen das nicht hart ankommen?« fragte Lilian die alte Dame mit freundlicher, warmer Teilnahme.

»Man muß ohne Murren tragen, was unabänderlich ist.«

»Werden Sie wenigstens in der Gegend bleiben?« forschte Lilian weiter.

»Wohl kaum, Miß Crosshill.«

Lilians Vater mahnte nun zum Aufbruch. Er fühlte

sich für heute am Ende seiner Kraft und sehnte sich nach Ruhe.

»Wir wollen Ihre Güte und Ihre Zeit nicht länger in Anspruch nehmen, meine verehrten Damen. Hoffentlich sehen wir Sie heute nicht das letztemal. Falls, wie ich bestimmt annehme, der Kauf zum Abschluß kommt, werde ich in Bälde einen Architekten nach Kreuzberg senden, der die leerstehenden Räume einrichten soll. Ich hoffe, Sie noch hier zu finden, wenn ich dann meinen Einzug halte.«

»Das liegt bei Ihnen, Mr. Crosshill. Wir bleiben gern so lange, als es uns gestattet sein wird.«

Wenige Minuten später fuhr der Wagen mit den Amerikanern davon.

Die beiden Damen hatten Miß Lilian das Geleit bis an das Portal gegeben.

Tante Stasi sah dem Wagen mit sinnenden Augen nach. »Du willst nicht, daß ich dich kenne, und wirst deine Gründe haben dazu. Diese Gründe sollen mir heilig sein, ich werde in dir Mr. Crosshill sehen, solange du es selbst willst«, sagte sie zu sich selbst.

Kurz darauf traf Mr. White ein. Er fuhr mit dem Inspektor auf die Felder und durch den Wald. Dann ließ er sich von diesem, als sie zurückgekehrt waren, die Bücher zeigen und stellte verschiedene geschäftliche Fragen.

Die beiden Damen hatten Mr. White freundlich gebeten, an ihrem bescheidenen Diner teilzunehmen. Er hatte auch ohne Umstände angenommen. Nachdem er die geschäftlichen Angelegenheiten mit dem Inspektor erledigt hatte, ließ er sich auch gern bereden, den Tee mit den Damen zu nehmen.

»Ich möchte zugleich bitten, etwas mit Ihnen besprechen zu dürfen, meine Damen, von eine mehr besondere Angelegenheit«, sagte er, als er ihnen gegenübersaß, sich bemühend, ein möglichst gutes Deutsch zu sprechen.

Tante Stasi sah ihn erwartungsvoll an. Ihr ganzes Wesen war seit gestern eine einzige Erwartung.

»Ich muß bitten um Verzeihung, wenn ich nicht kann sehr gut sprechen die deutsche Sprache. Ich will sein so deutlich als ich kann. Mr. Crosshill kaufen bestimmt diese Schloß und alles, was dabei gehört. Aber Mr. Crosshill haben nicht angenommen mit sich sein amerikanische Hausdame. Sie ist geblieben in ihr Heimat. Mr. Crosshill haben nun sehr nötig ein neues Hausdame, die vorstehen kann das ganze Haushalt und auch kann machen Repräsentation für Gesellschaft. Und Mr. Crosshill haben mich beauftragt, Ihnen zu machen eine Vorschlag. Indeed, ich weiß nicht, ob ich finde für das die richtige Wort. Mr. Crosshill haben gesagt, ich soll bitten Fräulein Anastasia von Kreuzberg-Breitenbach, zu übernehmen diese Posten in sein Haus, in diese Schloß. Ich will noch sprechen von junge gnädige Fräulein. Miß Crosshill lassen bitten sehr Fräulein Genoveva von Kreuzberg-Breitenbach, daß sie bleiben möchte, weil sie haben hier eine junge Dame, die mit ihr kann plaudern, lachen und Vergnügen machen, auch musizieren und viel andere Dinge tun für sie. Well, das ist mein Auftrag.«

Tante Stasi saß mit fest ineinander geschlungenen Händen da, den Kopf tief gesenkt. Sie schluckte krampfhaft, um die aufsteigenden Tränen nicht hervorbrechen zu lassen.

Veva faßte nach der Hand der alten Dame und sah sie dringlich an. »Tantchen, liebes Tantchen, wenn wir das annehmen könnten«, sagte sie leise.

Die alte Dame richtete sich auf und sah ihre Nichte mit sonderbar funkelnden Augen an.

»Möchtest du es annehmen, Veva?«

»Wenn du einwilligst, gern.«

Tante Stasi schluckte krampfhaft.

»Ich, ach Kind, ich weiß ja nicht, was in mir vorgeht«, stieß sie heiser vor Erregung hervor.

Aber mit aller Kraft suchte sie sich zu fassen und fuhr zu Mr. White gewandt fort: »Ich würde ohne jedes Bedenken sofort zustimmen, wenn ich ganz sicher wäre, daß ich Mr. Crosshill zufriedenstellen würde. Meine Nichte besitzt genügend Kenntnisse und Fähigkeiten, die sie instand setzen, eine Stellung als Gesellschafterin anzunehmen. Aber ich? Den Haushalt kann ich wohl führen, und behaglich wollte ich es Mr. Crosshill und seiner Tochter wohl hier im Haus machen. Aber nach außen zu repräsentieren, bei großen Festlichkeiten, da bin ich wohl nicht die passende Persönlichkeit.«

Mr. White verneigte sich. »Bitte sehr, Mr. Crosshill sein ganz bestimmt der Ansicht, daß Sie zu diese Stellung passen ganz vorzüglich. Und wenn Sie wollten annehmen, soll ich machen die Angelegenheit ganz fest und soll, wie man sagt, eingehen auf alle Wünsche der Damen.«

Tante Stasi und Veva sahen sich eine Weile schweigend an. In beider Augen brannte der Wunsch, dies Anerbieten anzunehmen. Dann atmete Tante Stasi auf und sagte, ihrer Stimme Festigkeit gebend: »In Gottes Namen denn, Mr. White, wir nehmen an, was uns Mr.

Crosshill bietet. Er wird ja wissen, ob er uns soviel Vertrauen entgegenbringen kann.«

Nach einigen Wochen kam dann der Tag des endgültigen Einzugs von Mr. Crosshill und Lilian. Tante Stasi empfing sie.

»Mein gnädiges Fräulein, mir ist ganz heimatlich zumute, da ich Sie auf der Schwelle meines Hauses sehe«, sagte Mr. Crosshill mit einem leisen Schwanken der Stimme.

»Gott segne Ihren Eingang als neuer Herr von Kreuzberg« erwiderte sie feierlich und tief ergriffen. Und ihrer Stimme Festigkeit und Ruhe gebend, fuhr sie fort: »Wenn das Gebet dankbarer Herzen etwas vermag, so soll mit Ihnen und Ihrem Fräulein Tochter das Glück über diese Schwelle ziehen.«

Tante Stasi und Veva führten Mr. Crosshill und seine Tochter selbst hinauf zu ihren Zimmern, die im ersten Stock lagen.

Lilian zeigte sich mit allem sehr zufrieden. »Und nun zu dem Turmzimmer«, sagte sie lächelnd.

Die beiden jungen Damen eilten die Treppe empor, Lilian konnte es nicht mehr erwarten, hinaufzukommen. Veva öffnete schnell die Tür, und Lilian trat ein. Mit leuchtenden Augen blieb sie stehen und sah sich um.

Dies achteckige große Gemach war ein wundervoll harmonischer Raum. Eine entzückende Behaglichkeit schien in jedem Eckchen zu schlummern.

Lilian atmete tief auf, nachdem sie eine Weile ihren Blick hatte durch das Zimmer schweifen lassen. Sie wandte sich nach Veva um und sah ihr mit leuchtenden Augen ins Gesicht.

»Ist es hier nicht schön? Hier werde ich den größten Teil des Tages verbingen, hier werde ich mich schnell heimisch fühlen«, sagte sie.

Lilian setzte sich in die mittelste Fensternische auf eine der erkerartig erhöhten Bänke. »Kommen Sie, Fräulein Genoveva, setzen Sie sich ein Weilchen zu mir. Hier oben wollen wir manche Stunde verplaudern und dabei diese herrliche Aussicht genießen. Oh, welch wundervolles Land.«

Veva nahm ihr gegenüber auf der anderen Bank Platz.

Sie gaben ein reizendes Bild ab, diese beiden schönen jungen Geschöpfe in dem Rahmen des Erkerfensters, an dem prachtvolle Brokatvorhänge in schweren Falten niederfielen.

»Es wird mir immer ein Vergnügen sein, mit Ihnen plaudern zu dürfen, Miß Crosshill. Hoffentlich langweile ich Sie nicht. Ich bin in ländlicher Stille und Zurückgezogenheit aufgewachsen und wenig gewöhnt an den eleganten Plauderton der großen Welt.«

Lilian lachte. »Ach, wenn Sie wüßten, wie fade und langweilig dieser elegante Plauderton der großen Welt oft sein kann. Ich glaube ganz sicher, daß es sich mit Ihnen besser plaudern läßt.«

»Es wäre mir sehr lieb, wenn ich Sie zufriedenstellen könnte, Miß Crosshill«, erwiderte Veva ein wenig verzagt.

»Dann streichen Sie aber schnell die förmliche Miß Crosshill. Ich höre mich gar nicht so gern so nennen.«

»Dann darf ich Sie Miß Lilian nennen? Wie gern will ich das tun, es ist ein so schöner Name, der zu Ihnen paßt.«

»Finden Sie? Nun, wenn Ihnen mein Vorname gefällt,

so beruht das auf Gegenseitigkeit. Ich finde Ihren Namen so schön. Deshalb habe ich ihn gleich benutzt. Doch jetzt müssen Sie mir ein wenig die Umgegend erklären. Was ist das für ein Berg, der geradeaus den Horizont vor uns begrenzt?«

»Das ist der Hennersberg. Etwas seitlich daneben sehen Sie die Türme der Stadt. Nach der andern Seite hinüber liegt Schloß Ortlingen. Im Winter, wenn die Bäume entlaubt sind, sieht man die Turmspitze des Schlosses ganz deutlich. Das Schloß liegt drüben im Tale, jenseits des Flusses.«

»Ist Schloß Ortlingen bewohnt?« fragte Lilian scheinbar gleichgültig.

»Ja, der jetzige Besitzer wohnt dort seit dem Tode seines Vaters. Früher, als sein Vater noch lebte, war er wenig daheim, er stand als Offizier in der Residenz.«

»Kennen Sie ihn persönlich?« fragte Lilian, die junge Dame wieder forschend betrachtend.

Vevas Augen leuchteten auf. »O ja, wir kennen uns gut, von Jugend auf. Ronald von Ortlingen ist viel in Kreuzberg gewesen. Und wenn Sie gestatten, wird er uns jetzt auch zuweilen besuchen.«

Lilian deutete sich das Aufleuchten in Vevas Augen und den warmen Ton, in dem sie von Ronald sprach, auf ihre Weise. »Darüber haben Sie wohl allein zu entscheiden. Es bleibt Ihnen selbstverständlich unbenommen, Ihre Freunde und Bekannten zu empfangen, wie bisher. Haben Sie sonst viel Verkehr in der Nachbarschaft?«

»Seit Onkels Tod nur sehr wenig. Früher kamen zuweilen aus der Garnison die Offiziere mit ihren Damen. Und außer Ortlingen liegen noch einige Güter in der Nähe, mit deren Bewohnern wir bekannt und wohl auch befreundet sind. In letzter Zeit haben wir, Tante und ich, sehr zurückgezogen gelebt, und außer Ronald von Ortlingen hat sich kaum noch jemand sehen lassen.«

»Nun, jedenfalls steht es Ihnen frei, bei sich zu sehen, wen Sie wollen.«

Einige Tage waren vergangen, seit die neue Herrschaft in Kreuzberg ihren Einzug gehalten hatte.

Ronald von Ortlingen hatte sich noch nicht sehen lassen. Lilian gelüstete es, heute am frühen Morgen einen Ritt durch den Wald zu machen.

Sie stand einige Stunden früher auf und nahm dann mit Tante Stasi und Veva das erste Frühstück ein. Mit dem Vater zusammen frühstückten die Damen dann später ein zweites Mal.

Ein Reitknecht sollte sie bei ihrem Ausritt begleiten, da sie Weg und Steg nicht kannte und bisher nur kurze Spaziergänge unternommen hatte.

In einem tadellos sitzenden Reitkleid schritt sie die Treppe am Portal herab. Draußen wurde ihr Pferd bereits auf und ab geführt. Veva ging neben ihr.

»Ich freue mich auf diesen Ritt, liebe Genoveva, aber hübscher wäre es noch, wenn Sie mich begleiten könnten. Es ist zu schade, daß Sie nicht reiten können«, sagte Lilian.

Veva sah erstaunt auf und lächelte dann. »Oh, da haben Sie mich mißverstanden, Lilian. Ich bin sogar passionierte Reiterin. Onkel hatte mir vor einigen Jahren ein Reitpferd geschenkt. Ich meinte nur, es paßt nicht zu meiner Stellung als Gesellschafterin.«

Lilian lachte herzlich. »Aber liebe Genoveva, das ist ja Unsinn. Warum sollen Sie mir zu Pferde nicht ebenso Gesellschaft leisten wie sonst. Es ist ja herrlich, daß Sie reiten können. Schnell, schnell, hinauf in Ihr Zimmer und ins Reitkleid.«

»Heute wird doch nichts daraus werden, Lilian, aus dem einfachen Grunde, weil ich kein Pferd habe.«

»Oh! Wo ist denn Ihr Reitpferd geblieben?«

»Im Ortlinger Stall steht es. Ich hatte es Ronald Ortlingen in Verwahrung gegeben, weil ich doch glauben mußte, daß ich es nicht mehr gebrauchen könnte.«

Ein Schatten flog über Lilians frohes Gesicht. Also ihr Reitpferd ist schon in Ortlingen, natürlich, sie wird ja eines Tages auch dahingehen, dachte sie.

Veva sah diesen Schatten wohl, aber sie dachte, Lilian sei ungehalten, daß sie nun doch allein reiten mußte.

Lilian trat an ihr Pferd heran. »Dann adieu, Genoveva. Bis zum Frühstück bin ich zurück.«

»Auf Wiedersehen, Lilian. Viel Vergnügen!«

Lilian ritt schnell davon, und der Reitknecht folgte in angemessener Entfernung. Lilian ritt versonnen dahin. Sie mußte noch immer darüber grübeln, daß Vevas Pferd schon im Ortlinger Stall stand.

Was muß nur ihrer Verbindung mit dem Ortlinger im Weg stehen? dachte sie, wie schon oft. Aber sie fand auch heute keine Antwort auf diese Frage.

Ein schmaler Weg, über dem hohe Buchen ein grünes Dach wölbten, lockte sie, seitwärts abzubiegen.

Plötzlich sah sie von weitem einen Reiter, der wohl aus dem Gehölz gekommen war. Ihre scharfen Augen sahen der schlanken Männergestalt auf dem edelgebauten Rassepferd forschend entgegen. Und da ging es wie ein Ruck durch ihre Gestalt, und in ihr Antlitz schoß das lebhaft wallende Blut. Sie erkannte Ronald von Ortlingen.

Auch Ronald von Ortlingen hatte die elegante Reiterin erblickt. Noch ehe er sie genau erkannte, sagte er sich, daß es nur die »Amerikanerin« sein könne, die ihm entgegenkam. Sofort versetzte er sich innerlich in eine feindliche, abwehrende Stimmung. Er war überzeugt, daß sie ihn wieder, wie damals im Vestibül des Hotels, mit ihren großen Augen leuchtend und zwingend ansehen würde, »mit koketten Augen«, wie er es bei sich nannte. Und er zwang einen kalten abweisenden Blick in seine Augen. Sie sollte gleich wissen, daß bei ihm ihre Koketterien nicht verfingen.

Als sie sich bis auf wenige Schritte genähert hatten, drängte Ronald sein Pferd so weit wie möglich zur Seite und ließ Lilian passieren. Seine Augen hefteten sich fest auf ihr Antlitz, fast erwartungsvoll sah er sie an.

Aber Lilian sah so kühl und gleichgültig in sein Gesicht, daß er seinen Augen nicht traute. Ihr Blick streifte über ihn dahin, als sei er nicht vorhanden, und sie ritt vorüber, ohne ihn weiter zu beachten.

Sein männlicher Stolz, seine zur Abwehr gerüstete Überlegenheit waren ganz nutzlos ins Feld geführt worden.

Das gefiel ihm nun wieder nicht. Eine ganze Weile hielt er mit seinem Pferde mitten im Weg und sah ihr nach, als müsse sie noch einen Blick zurückwerfen. Aber vergebens, sie ritt unentwegt weiter und sah sich nicht um.

Fast unausgesetzt mußte er an Lilian denken, während er weiterritt, und fühlte sich so unbehaglich wie selten in seinem Leben. Irgend etwas störte seinen Seelenfrieden, ohne daß er recht wußte, was es war.

Auch Lilian mußte an Ronald von Ortlingen denken.

Sie war gewohnt, sich über ihr eigenes Denken und Empfinden Rechenschaft zu geben, und sie mußte sich gestehen, daß sie ihr Herz an Ronald von Ortlingen verloren hatte, schon seit sie ihn das erstemal gesehen.

Sie seufzte tief auf. War sie nur nach Deutschland gekommen, um ihr bisher unbezwungenes Herz an einen Mann zu verlieren, der kein Verlangen danach hatte und längst eine andere liebte?

Am nächsten Tage, um die Besuchsstunde, fand sich Ronald von Ortlingen in Kreuzberg ein.

Veva hatte seinen Wagen kommen sehen und kam ihm schon in der Vorhalle entgegen.

Weder Veva noch Ronald bemerkte, daß zu gleicher Zeit Lilian die Treppe herabkam. Ihren Schritt hörte man nicht auf den weichen Teppichen. Sie blieb zögernd in halber Höhe der Treppe stehen, als sie Ronald erblickte. Unwillkürlich trat sie einen Schritt zurück, als sie sah, daß er Veva lächelnd umarmte und küßte. Sie sah auch, daß Ronald, sich vorsichtig umsehend, einen Brief aus der Tasche zog und ihn Veva gab. Diese barg ihn errötend in ihrem Kleid, und Lilian vernahm, wie sie innig sagte: »Tausend Dank, lieber Ronald. Ich hatte schon große Sehnsucht, du bliebst so lange aus und ließest mich auf den Brief warten.«

Lilian war nun zur Gewißheit geworden, daß Veva und Ronald von Ortlingen sich liebten. Sie wollte nicht länger zur Lauscherin werden und schritt langsam, mit müden Schritten und schwerem Herzen die Treppe wieder hinauf. Bis in ihr Turmzimmer floh sie, vor sich selbst und vor Ronald von Ortlingen.

Veva geleitete Ronald inzwischen in ein Empfangszimmer und ließ Tante Stasi rufen. Als diese eintrat und Ronald begrüßt hatte, sagte sie: »Lieber Ronald, ich werde Mr. Crosshill und seine Tochter von Ihrer Anwesenheit benachrichtigen lassen, Sie müssen doch die Herrschaften kennenlernen.«

»Es muß wohl sein, Tante Stasi. Aber schön kann ich es mir nicht denken, wenn ich Sie und Veva bloß noch von fremden Menschen umgeben sehen und sprechen kann.«

Veva lachte schelmisch. »Abwarten, du garstiger Ronald. Vielleicht unterhältst du dich in Zukunft mit Mr. Crosshill und seiner Tochter viel lieber als mit uns. Es sind interessante und gütige Menschen.«

»Gestern sah ich Miß Crosshill zu Pferd im Ortlinger Wald, ich begegnete ihr, als ich auf die Felder reiten wollte«, sagte Ronald dann.

»Oh, davon hat sie nichts erwähnt. Aber das ist ja erklärlich, sie wird dich nicht kennen.«

»Ich weiß es nicht, ob sie mich kennt. Warum hast du übrigens dein Pferd wieder abholen lassen, Veva?«

»Weil ich es nun doch wieder brauche. Denke dir, Lilian ist so liebenswürdig, es ganz in Ordnung zu finden, daß ihre Gesellschafterin auch reitet. Sie freut sich sogar, in meiner Gesellschaft ausreiten zu können.«

Ronald sah sie sonderbar an. »Lilian? Du sprichst ja recht vertraulich von der jungen Dame?«

»Ja, wir sind schon ein Herz und eine Seele, sie behandelt mich wie ihre Freundin.« Und ernster werdend fuhr sie fort: »Wenn du nur wüßtest, wie einzig lieb sie ist. Auch ihr Vater ist so gütig und vornehm in seiner ganzen Art, und beide lassen uns unsere Abhängigkeit gar nicht fühlen.«

Mr. Crosshill und Lilian, denen der Besuch gemeldet worden war, erschienen bald darauf. Man stellte sich einander vor, wechselte zunächst die üblichen einleitenden und einführenden Worte, geriet dann in ein Gespräch über allerlei Fragen und fand sich ringsum sympathisch. Das war der Grund, daß Einladungen ausgetauscht wurden. Crosshill hatte Ronald eingehend studiert und gefunden, daß er der Sohn seiner Mutter war. Nicht nur im Äußeren, er schien ihr auch in der Art, im Charakter zu ähneln. Nach einer Stunde verabschiedete sich Ronald von Ortlingen, nicht ohne Mr. Crosshill versichert zu haben, daß er gerne wiederkäme, nicht minder gerne aber einem Gegenbesuch entgegensähe.

Lilian und Veva ritten jetzt jeden Morgen aus, bei diesen Ausritten kamen sie sich immer näher.

Lilian vergaß freilich nur selten, in Veva die künftige Frau des Mannes zu sehen, dem sie wider alle Vernunft und sich selber zum Trotz ihr Herz zugewandt hatte. Aber sie war viel zu großherzig und gerecht, um Veva deshalb gram zu sein.

Ronald von Ortlingen hatte sehr bald seinen Besuch wiederholt und kam immer wieder, nur um Tante Stasi und Veva zu sehen, so betonte er vor sich selbst.

Lilian zeigte sich stets sehr zurückhaltend in Ronalds Gegenwart. Und sooft er sie auch prüfend und forschend ansah mit seinen kritisch geschärften Blicken, nie ruhte ihr Blick auf ihm.

Daß sie ihm, hinter den Vorhängen verborgen, vom Fenster aus mit brennenden Augen nachblickte, wenn er Kreuzberg verließ, ahnte er natürlich nicht.

Lilian merkte bald, daß Tante Stasi mit dem Liebespaar im Einverständnis sein mußte. Ronald hatte vor einigen Tagen Tante Stasi einen Brief übergeben, den diese später Veva heimlich zusteckte. Das erklärte sich Lilian auf ihre Weise.

Seit John Crosshills Einzug in Kreuzberg waren einige Wochen vergangen. An einem wundervollen Sommermorgen hatten Lilian und Veva ihre Pferde satteln lassen und traten nun im Reitdreß aus dem Portal.

Eine Weile ließen sie die Pferde ausgreifen. Dann mäßigten sie auf Lilians Zuruf das Tempo und ritten im Schritt durch den vom Regen erfrischten Wald. Wenn sie kein bestimmtes Ziel hatten, pflegte immer Lilian die Richtung anzugeben, wie es ihr gerade gefiel. So kamen sie auf Ortlinger Gebiet, und als sie nach einiger Zeit aus dem Walde herausritten und einen freien Ausblick hatten, lag Schloß Ortlingen vor ihnen.

Als Lilian das stolze Gebäude mit den wunderlich bizarren Barockschnörkeln an der Fassade vor sich liegen sah, hielt sie ihr Pferd an.

»Was ist das, Genoveva?«

»Schloß Ortlingen«, erwiderte diese lächelnd.

Sinnend ließ Lilian ihre Augen darauf ruhen. Dann sagte sie halblaut: »Ein schöner Anblick; es ist fast so schön wie Kreuzberg, nur in andrer Art, und sicher viel größer.«

»Allerdings, es ist sehr geräumig und mit wundervollen alten Möbeln ausgestattet, die sich von einer Generation zur andern vererbt haben. Die Ortlinger waren immer mit Glücksgütern gesegnet, und ihr Reichtum hat sich nie zersplittert, weil er sich nie auf mehrere Kinder verteilte. Auch das Barvermögen ist immer ungeteilt geblieben. Schon seit zweihundert Jahren haben alle Freiherren von Ortlingen immer nur einen einzigen Sohn gehabt, und früher ist nur zuweilen neben dem Erben eine Tochter geboren worden.«

Lilian lächelte versonnen. »Das ist seltsam. Und wie Sie Bescheid wissen in der Geschichte dieses Hauses.«

»O ja, so gut wie in der Geschichte unserer Familie. Die beiden Geschlechter sind gleich alt. Auch die Ortlinger führen ihren Stammbaum auf die Kreuzfahrer zurück.«

Lilian hatte aufmerksam zugehört. »Wie seltsam das alles klingt, wie ein Märchen oder eine Sage. Solche Familiengeschichten kennt man bei uns drüben nicht.«

Veva sah sinnend vor sich hin. »Wir aber verwachsen mit diesen Familiengeschichten und können uns nicht davon lösen. Zum Beispiel so ein Majorat, es fällt nur immer an den erstgeborenen Sohn, aber es legt diesem auch oft schwere Verpflichtungen auf.«

»Was meinen Sie damit, Genoveva?«

Veva streichelte die Mähne ihres Pferdes.

»Nun, Ronald Ortlingen hat zum Beispiel solch eine Verpflichtung zu erfüllen. Er darf nur eine Frau heimführen, die einem gleich alten Adelsgeschlecht entstammt wie das seine.«

Lilian überlegte. Die Freiherren von Kreuzberg waren doch von ebenso altem Adel wie die Ortlinger. Also das konnte das Hindernis nicht sein.

»Und wenn er nun eine andere Frau heiratet, was geschieht dann?« fragte sie zerstreut.

»Dann müßte er auf das Majorat verzichten und würde nur das Barvermögen behalten. Das würde ihm freilich auch ein angenehmes, sorgloses Leben gestatten, aber er hängt mit Leib und Seele an Ortlingen und würde es kaum um eine Frau hergeben wollen.«

»Also muß man ihm eine Frau wünschen, die ihn nicht zu einer solchen Entscheidung zwingt«, sagte Lilian ein wenig spöttisch.

Veva nickte nur. Sie hatte sich im Sattel emporgereckt und sah nach dem Schloß hinüber.

»Da kcmmt Ronald auf uns zu. Sicher hat er uns mit seinen scharfen Augen am Waldrand entdeckt!« rief sie.

Als er nahe herbeigekommen war, rief ihm Veva zu: »Guten Morgen, Ronald! Das hättest du dir wohl nicht träumen lassen, daß dir zum frühen Morgen zwei junge Damen ins Gehege kommen?«

Ronald zog die Mütze. »Allerdings nicht!« rief er zurück.

»Wir halten schon eine Weile hier, und ich habe Miß Lilian eben ein Privatissimum gehalten über die Geschichte deines Hauses und die Majoratsbestimmungen von Ortlingen.«

Ronalds Stirn rötete sich jäh. Er sah in Lilians kühl-ruhiges Gesicht und dachte: Nun weiß sie wenigstens, daß ich niemals eine Bürgerliche heiraten werde. Aber er kam sich dieses Gedankens wegen selbst lächerlich vor.

Nahe herangekommen, verneigte er sich vor Lilian und reichte Veva die Hand.

»Es tut mir sehr leid, daß ich die Damen nicht bitten darf, näherzutreten und meinem Hause die Ehre eines Besuches angedeihen zu lassen. Vielleicht darf ich Ihnen aber unter freiem Himmel eine kleine Erfrischung reichen lassen?«

»Nein; ich muß danken, Herr von Ortlingen«, entschied Lilian rasch.

»Wollen Sie auch nicht absteigen und ein Weilchen rasten? Ich lasse sofort Sessel herüberbringen.«

Veva sah Lilian an, und diese glaubte, eine Bitte in Vevas Augen zu lesen, daß sie bleiben möge. So sagte sie großmütig: »Wir können ja eine kurze Rast halten. Wenn wir die Pferde auf dem Heimweg ausgreifen lassen, kommen wir schon noch zur Zeit nach Hause, um Papa und Tante Stasi beim Frühstück Gesellschaft zu leisten. Die Sessel lehnen wir dankend ab, nicht wahr, Genoveva, wir lagern uns lieber an diesem rasenbewachsenen Waldrain.«

»Wenn die Damen gestatten, schließe ich mich Ihnen auf dem Rückweg an. Ich war ohnedies im Begriff auszureiten.«

Veva sah ihn schelmisch an. »Ich werde es dir gnädigst gestatten.«

»Und Sie, mein gnädiges Fräulein?«

»Ich habe selbstverständlich nichts dagegen einzuwenden, zumal sich Genoveva sicher auf Ihre Begleitung freut«, sagte Lilian gelassen.

Er verneigte sich, und trotzdem sie sich abwandte, als habe sie nichts mehr mit ihm zu reden, hielt er sie durch seine Worte fest.

»Wie seltsam fremd es mir in den Ohren klingt, daß Sie Veva mit ihrem vollen Namen nennen. Wir haben es fast vergessen, daß sie Genoveva heißt, und ich glaube, Veva selbst auch.«

Lilian wandte ihm ihr Gesicht wieder zu. »Leider! Ich hätte mir diese Verstümmelung nicht gefallen lassen, wenn ich einen so schönen Namen gehabt hätte.«

Ronald glaubte, sie wolle ein Kompliment über ihren eigenen Namen hören. »Kann es für eine junge Dame einen schöneren Namen geben als den Ihren, mein gnädiges Fräulein, der von der Lilie, dem Symbol der Reinheit und Holdseligkeit, abgeleitet wurde?«

Lilians Antlitz zeigte nicht, ob ihr dies Kompliment zusagte, es blieb unbeweglich. »Der eigene Name gefällt selten einem Menschen. Man darf ihn ja nicht selbst für sich aussuchen.«

Nach einer Weile erhob sich Lilian. »Es wird Zeit zur Heimkehr, liebe Genoveva.«

Im schnellen Ritt jagten sie den Weg nach Kreuzberg zurück. Ronald begleitete die Damen bis zum Fuße des Kreuzbergs. Hier wollte er sich verabschieden.

Lilian hatte auf dem ganzen Weg nur wenige flüchtige Worte gesprochen, so daß Ronald und Veva fast allein die Kosten der Unterhaltung trugen. Nun wandte sich Lilian nach Ronald um.

»Wollen Sie uns nicht beim Frühstück Gesellschaft leisten, Herr von Ortlingen?«

Er sah in ihre kühl blickenden Augen. »Zu so früher Stunde darf ich doch nicht in Ihr Heim eindringen, mein gnädiges Fräulein.«

Ihre Lippen zuckten wie im Spott. »Verstößt das gegen den guten Ton? Ich denke, auf dem Land nimmt man das nicht so streng.«

Ronald hätte gern zugesagt, aber ihr spöttischer Ton irritierte ihn. Er zögerte. Da wandte sich ihm Veva mit einer bittenden Gebärde zu.

Das sah Lilian, trotzdem sie zur Seite blickte. Ronald verneigte sich nun dankend. »Also ich akzeptiere sehr gern, mein gnädiges Fräulein. Ein Frühstück in Gesellschaft ist mir selten beschieden. Meine Hausdame überläßt mich dabei meist meinem Schicksal, weil sie im

Haushalt zu tun hat.«

Lilian neigte flüchtig das Haupt und trieb nun ihr Pferd in schneller Gangart den Kreuzberg hinan.

Veva fragte Ronald, als Lilian außer Hörweite war: »Nun, Ronald, wie gefällt dir diese Dollarprinzeß bei näherer Betrachtung? Hast du noch immer eine Aversion gegen sie und ihren Vater?«

Ronald sah nach Lilians schlanker, stolzer Gestalt, die so elegant und graziös zu Pferde saß. »Gegen ihren Vater nicht. Er ist ein vornehm empfindender, liebenswürdiger Herr.«

»Aber gegen Lilian hast du noch immer eine Antipathie?«

Er sah mit zusammengezogener Stirn vor sich hin.

»Ich weiß es nicht«, stieß er hervor.

Natürlich war es schnell in der ganzen Umgegend bekanntgeworden, daß ein amerikanischer Dollarmillionär Schloß Kreuzberg gekauft hatte und jetzt dort wohnte.

Daß der Amerikaner eine schöne Tochter hatte, die vermutlich seine einzige Erbin war, erhöhte das Interesse und wurde eifrig besprochen.

Ronald von Ortlingen wurde plötzlich von allen Seiten umlagert und über den neuen Besitzer des Schlosses ausgeforscht. Man fragte ihn, ob Kreuzberg nicht wieder dem Verkehr geöffnet, ob Mr. Crosshill nicht ein gastliches Haus machen würde. Und als Ronald die Achseln zuckte und erklärte, er wisse nicht, welche Absichten Mr. Crosshill habe, fragte ihn dieser und jener im Vertrauen, ob Ronald ihn nicht in Kreuzberg einführen könne.

Ronald lehnte aber ab.

Er entnahm jedoch aus diesem Ansturm, daß Tante Stasi recht gehabt hatte, wenn sie annahm, daß sich viele Freier aus den besten Kreisen um Lilian Crosshill drängen würden.

Bei dieser Erfahrung beschlich ihn ein ganz seltsames Gefühl, das er sich nicht erklären konnte. War es Zorn über verächtliche Mitgiftjäger oder Ärger, daß man soviel Wesens mit der Amerikanerin machte?

Eines Tages fuhr nun Lilian mit Tante Stasi und Veva zur Stadt, um allerlei kleine Einkäufe zu machen. Das sehr elegante Auto, neben dessen Chauffeur noch ein Diener in vornehm schlichter Livree saß, erregte Aufsehen in den Straßen der Stadt. Und als es längere Zeit vor einem der größten Geschäfte am Markt hielt, sammelte sich neugieriges Publikum an.

Einige Offiziere kamen gerade herzu, als die Damen aus dem Laden traten. Sie sahen wie elektrisiert in Lilians schönes Gesicht. Ihre elegante Erscheinung war für die mittelgroße Provinzstadt ein Ereignis.

Sie brachten die Kunde mit ins Kasino und schwärmten von der schönen Amerikanerin. Im Kasino befanden sich auch einige junge Landwirte, Söhne von Gutsbesitzern aus der Umgegend, als Gäste. Diese nahmen die Kunde von Lilian Crosshills Schönheit und Eleganz mit nach Hause. Und man überlegte hin und her, wie man sich der jungen Dame nähern könnte.

Der Zufall sollte ihnen zu Hilfe kommen.

Der General Benno von Kreuzberg, Tante Stasis Vetter, hatte es für nötig gefunden, seinen jüngsten Sohn Lothar, den lustigen und ein wenig leichtsinnigen Leutnant, aus seinem teuren Regiment in diese Garnison versetzen zu lassen. Und Lothar machte keinen Hehl daraus, daß er von seinem Vater Auftrag erhalten habe, Tante Stasi und seine Base Veva zu besuchen und ihnen des Vaters Grüße zu überbringen.

Die Kameraden machten ihn nun mit ihren Kümmernissen bekannt und verlangten es geradezu als kameradschaftliche Tat von ihm, daß er alles tun müsse, was in seiner Kraft stehe, um sie in Kreuzberg einzuführen.

Lothar Kreuzberg war ein hübscher, frischer Mensch, sehr lustig und gutmütig und stets zu übermütigen Streichen aufgelegt. Er verstand die Wünsche seiner Kameraden und versprach lachend das Blaue vom Himmel herunter.

So zögerte er nicht lange mit seinem Besuch in Kreuzberg. In dem ihm bereitwillig zur Verfügung gestellten Wagen, den die Offiziere zu derlei Fahrten zu benutzen pflegten, machte er sich auf den Weg.

In Schloß Kreuzberg angekommen, ließ er sich Tante Stasi melden. Diese saß gerade mit John Crosshill und den beiden jungen Damen plaudernd im Wohnzimmer. Als der Diener ihr die Karte überreichte, sah sie darauf nieder.

»Es ist Lothar, Onkel Benno hat ihn ja schon angemeldet«, sagte sie zu Veva. Und zu John Crosshill gewendet, fuhr sie fort: »Verzeihen Sie, Mr. Crosshill, mein Neffe will uns einen Besuch machen, ich sprach Ihnen ja schon davon.«

Tante Stasi verließ das Zimmer und betrat den Empfangssalon, wo Lothar ihrer wartend saß.

Er sprang auf und begrüßte die alte Dame, indem er die Hacken zusammenschlug und sich mit fröhlichem Gesicht verneigte. Dann führte er die ihm entgegengestreckte Hand an die Lippen: »Ich lege mich dir zu Füßen, Tante Stasi, und soll dir herzliche Grüße von Papa überbringen.«

»Danke dir, Lothar. Du bist also in unsere Garnison versetzt worden?«

Lothar nickte mit unsagbar komischem, bekümmertem Gesicht. »Ja, Tante Stasi. Sozusagen Strafversetzung, von Papa angeordnet. Ein letzter Versuch, ob ich überhaupt imstande bin, mit meiner knappen Zulage auszukommen. Bis jetzt ist mir das nämlich noch nie gelungen.«

Tante Stasi hatte ihre helle Freude an seinem frischen Wesen. Ihre Hand unter seinen Arm schiebend, sagte sie: »Na, nun komm erst mal mit mir hinüber ins Wohnzimmer. Mr. Crosshill und seine Tochter wollen dich kennenlernen, und Veva willst du doch auch begrüßen.«

Sie gingen hinaus und traten gleich darauf ins Wohnzimmer. Tante Stasi stellte ihren Neffen vor. Er ließ sich keineswegs verblüffen. Freimütig und lustig gab er sich, wie gewöhnlich, und kaum war er fünf Minuten im Zimmer, da lachte schon alles über seine Schnurren.

Nach einiger Zeit erhob sich Lothar sehr ungern, um sich zu verabschieden. Aber Mr. Crosshill machte eine abwehrende Bewegung. »Nein, nein, Herr von Kreuzberg, daran ist nicht zu denken. Sie dürfen nicht wieder fort, ohne sich mit Speise und Trank gelabt zu haben. Sie müssen uns beim Diner Gesellschaft leisten, vorausgesetzt, daß der Dienst Sie nicht ruft.«

Lothars Gesicht spiegelte deutlich die Freude über diese Einladung wider. »Ich bin heute dienstfrei, und wenn Sie mir gestatten, bleibe ich gern.«

Der alte Herr erkundigte sich nach Lothars Vater. »Ich habe ihn kennengelernt gelegentlich der Verhandlungen, die dem Kauf von Kreuzberg vorangingen«, sagte er.

Lothar sah ihn mit seinen munteren hellblauen Augen an. »Ich danke Ihnen, Mr. Crosshill. Papa fühlt sich so wohl, wie es seine Jahre und seine Sorgen zulassen.«

»Nun, seine Jahre schienen ihn nicht zu drücken. Ihr Herr Vater ist noch ein sehr rüstiger Herr. So hoffe ich, daß auch seine Sorgen erträglich sind«, sagte John Crosshill launig. Lothar seufzte, ohne dabei ein ernstes Gesicht zu machen. »Die größte Sorge macht ihm sein jüngster Sohn.«

»Haben Sie noch jüngere Brüder?«

»Nein, ich bin selbst dieser jüngste Sohn und sozusagen das schwarze Schaf in einer Herde weißer Lämmer. Meine beiden ältesten Brüder sind im Vergleich zu mir die reinsten Musterknaben. Was die an Ernst und Würde leisten, ist schauderhaft. Ich versuche es gar nicht erst, ihnen gleich zu werden. Es ist ein Kreuz mit mir. Ich mache zu viele dumme Streiche, ohne es zu wollen. Wenn ich auch denke, ich fange eine Sache recht gescheit an, immer kommt etwas Dummes dabei heraus. Nicht wahr, Tante Stasi?«

»Manchmal kommt ja auch ganz unversehens etwas Gescheites dabei heraus, wenn auch selten«, sagte sie.

Bei Tisch herrschte, dank Lothars fortreißender Laune, ein sehr heiterer Ton. Er saß neben Lilian und war so voll munterer Einfälle, daß sie nicht aus dem Lachen kam.

»Sagen Sie mir, Herr von Kreuzberg, sind alle deutschen Offiziere so amüsant wie Sie?« fragte sie ihn. »Ich muß sagen, daß ich mich selten so gut unterhalten habe wie mit Ihnen.«

Mr. Crosshill bestätigte das und sagte dann: »Sie müssen uns recht oft in Kreuzberg besuchen, Herr Leutnant.«

Lothar seufzte mit tragikomischem Gesicht. Jetzt galt es für die Kameraden eine Lanze zu brechen, er durfte sie nicht enttäuschen. Sicher warteten sie schon sehr ungeduldig auf seine Rückkehr und auf die günstige Botschaft. Die Gelegenheit beim Schopf nehmend, sagte er verzagt:

»Ich traue mich nicht.«

»Was denn, Herr von Kreuzberg?«

»Wiederkommen.«

»Warum nicht?« fragte Lilian, lächelnd in sein drollig verzagtes Gesicht blickend.

»Meine Kameraden haben mich schon furchtbar beneidet, daß ich einen plausiblen Grund hatte, in Kreuzberg Besuch zu machen. Wenn sie nun hören, daß ich sogar zum Diner bleiben durfte, hassen sie mich. Und wenn ich ihnen nun auch noch sage, daß ich wiederkommen darf, dann bringen sie mich möglicherweise kalten Blutes um.«

Alle lachten.

»Aber warum nur, Herr von Kreuzberg? Scheint es denn Ihren Kameraden beneidenswert, nach Kreuzberg kommen zu dürfen?« forschte Lilian amüsiert.

»Natürlich, mein gnädiges Fräulein. Bedenken Sie doch, daß unsere Garnison ziemlich öde ist. In der Stadt gibt es, außer beim Kommandeur, kaum noch zwei oder drei Häuser, wo man hingehen kann.«

Dies alles brachte Lothar mit drolliger Treuherzigkeit vor, und wieder hatte er damit einen Lacherfolg. John Crosshill übernahm es, ihm zu antworten.

»Der von Ihnen so lebendig geschilderte Notstand Ihrer Herren Kameraden geht mir zu Herzen. Wenn die Herren einige Rücksicht auf meinen leidenden Zustand nehmen wollen, dann sollen sie uns sehr willkommen sein. Wir werden unsere Karten übersenden und erwarten Ihre Besuche, nicht wahr, Lilian?«

Diese nickte dem Vater lächelnd zu. »Gewiß, Papa.«

In heiterster Stimmung wurde das Mahl beendet. Mr. Crosshill war lange nicht so heiter gewesen. Lilian freute sich dessen und dankte es dem jungen Offizier.

Als sich Lothar am Nachmittag verabschiedete, hinterließ er einen außerordentlich guten Eindruck. Man freute sich schon auf seine Wiederkehr.

Vergnügt fuhr er nach der Stadt zurück. Er begab sich sofort ins Kasino, wo ihn die Kameraden fast vollzählig erwarteten. Er schwenkte bei seinem Eintritt übermütig die Mütze. »Viktoria! Sieg auf der ganzen Linie!« rief er. Und in lustiger Stimmung erzählte er ausführlich und wurde tatsächlich als Wohltäter gefeiert.

Als Ronald von Ortlingen einige Tage später zur Besuchszeit in Kreuzberg vorsprach, fand er zu seinem Erstaunen einige Offiziere vor, die ihren Besuch machten.

Lothar von Kreuzberg war ebenfalls anwesend. Er hatte lachend gesagt: »Kinder, ich muß dabei sein und euch einführen, das macht gleich einen netten Eindruck.«

Er sorgte auch für die nötige Heiterkeit, und als Ronald von Ortlingen das große Empfangszimmer betrat, scholl ihm lautes, herzliches Lachen entgegen. Besonders vernahm er das warme, klare Lachen einer Mädchenstimme. Es klang von der einen Fensternische herüber, wo Miß Lilian mit Lothar von Kreuzberg in heiterster Unterhaltung beisammenstand.

Dies Lachen klang Ronald lange in den Ohren, und er konnte ein seltsames Unbehagen nicht los werden, wenn er es wieder und wieder hörte. Die junge Dame schien sich mit dem jungen Offizier ausnehmend gut zu unterhalten.

Heftiger Zorn stieg in ihm auf, und er redete sich, ärgerlich über sich selbst, ein, daß Lilian mit Lothar von Kreuzberg kokettiere.

»Warum auch nicht«, spottete er bei sich selbst, »wenn sie einen Freiherrn von Kreuzberg heiratet, kann sie zufrieden sein. Freifrau von Kreuzberg auf Schloß Kreuzberg, das klingt ganz annehmbar für eine Miß Crosshill.«

Tief verstimmt verließ er unter einem Vorwand Kreuzberg noch vor den Offizieren. Er war gekommen, um mit den beiden Damen einen geplanten Ausflug zu Pferde zu besprechen.

Zu ziemlich früher Stunde hatte sich Ronald für den nächsten Morgen mit den beiden jungen Damen verabredet. Er holte sie schon um sieben Uhr in Kreuzberg ab. Der Ausflug hatte die Försterei am großen Hennersberg zum Ziel.

Auf dem ganzen Wege ritt Lilian den beiden andern wie im Spiel immer ein Stück voraus. Sie glaubte ihnen damit einen Gefallen zu tun, und in selbstquälerischer Pein tat sie alles, was sie tun konnte, um dem »Liebespaar« ein Alleinsein zu ermöglichen. Ronald sah in diesem Bestreben jedoch nur Gleichgültigkeit ihm gegenüber.

In der Försterei, einem idyllisch gelegenen schmucken Häuschen am Fuße des großen Hennersberges, angelangt, fanden sie bereits Lothar von Kreuzberg mit drei dienstfreien Kameraden vor. Die andern hatten zu ihrem Leidwesen nicht abkommen können.

Ronald traute seinen Augen nicht, als er die jungen Offiziere sah, die sich sofort um die Damen drängten, um ihnen aus dem Sattel zu helfen. Auf dem ganzen Wege hatte Ronald erwartungsvoll dem Augenblick entgegengesehen, da er Lilian aus dem Sattel heben dürfte. Nun mußte er mit verbissenem Zorn zusehen, wie Lothar von Kreuzberg dies Amt übernahm, und wie Lilian ihm dankte. Sie begann auch sofort in heiterer, angeregter Weise eine Unterhaltung mit ihm. Seine übermütige Laune heiterte sie auf und lenkte sie ab von ihren quälenden Gedanken. Dafür war sie ihm so dankbar.

Auch mit den andern Offizieren plauderte sie scherzend und lachend. Nur für Ronald hatte sie keinen Blick und kein freundliches Wort.

Er empfand darüber einen nagenden Schmerz, den er allerdings zu ersticken suchte.

Das Frühstück wurde von der hübschen, freundlichen Försterin und ihrem sauberen Dienstmädchen aufgetragen. Unter den Bäumen vor dem Hause standen einige Bänke vor langen, schlicht gezimmerten Tafeln.

In ausgelassenster Stimmung nahm man an der primitiven Tafel auf den langen Bänken Platz. Für die Damen hatte Lothar an den beiden Schmalseiten der Tafel zwei Sessel aufstellen lassen, die er selbst aus dem Forsthaus herübergeholt hatte.

Eine Serviette unter dem Arm geklemmt, spielte er in komischer Weise den dienstbeflissenen Kellner und servierte mit Grandezza den Damen Speise und Trank. Als er auch Veva auf diese Weise bedient hatte, beugte er sich plötzlich zu ihr herab und küßte sie auf die Wange.

»Statt des Trinkgeldes, Bäschen!« rief er übermütig.

Lilian sah in diesem Moment schnell zu Ronald hinüber, um zu sehen, was er für ein Gesicht machen würde zu dieser Zärtlichkeit Lothars seiner »Braut« gegenüber.

Ronald hatte sich in seinem verbissenen Zorn über Lothars »läppisches Wesen«, wie er es bei sich nannte, geärgert und sah sehr finster aus. Lilian erschrak über diesen Ausdruck seines Gesichts und glaubte, er sei zornig darüber, daß Lothar Veva geküßt hatte.

Fast eine Stunde saß man bei dem frugalen Frühstück, dem hauptsächlich die Offiziere mit gutem Appetit zusprachen. Dann rüstete man aber zum Aufbruch, weil die Herren zum Dienst zurück mußten und man einen Teil des Heimweges gemeinsam zurücklegen wollte.

Lilian kam an Lothars Seite von der Tafel herüber. Als sie Ronald wartend neben ihrem Pferd stehen sah, glaubte sie es in seinen Augen ungeduldig aufzucken zu sehen.

Er wünscht, daß ich mich beeile, damit ihm niemand bei Veva zuvorkommt, dachte sie.

Und das Haupt leicht neigend, sagte sie zu ihm in ihrer höflich-ruhigen Weise: »Helfen Sie nur Genoveva, Herr von Ortlingen, Herr von Kreuzberg wird mich in den Sattel heben.«

Mit einer kurzen, fast brüsken Verneigung trat Ronald zurück und ging, ohne zu antworten, zu Veva hinüber. Die Röte seines Gesichts war einer fahlen Blässe gewichen. Lilian ahnte nicht, was sie mit dieser Bevorzugung Lothars angerichtet hatte. Sie glaubte, Ronald einen Gefallen erwiesen zu haben.

Als dieser Veva in den Sattel gehoben hatte, fragte sie leise: »Was ist dir, Ronald? Du scheinst mir verstimmt zu sein.«

Er schüttelte hastig den Kopf. »Es ist nichts, Veva. Ich habe nur ein wenig Kopfweh.«

Veva streichelte sanft seine Stirn. »Armer Ronald.«

Lilian bemerkte diese kleine Szene.

Sie muß ihn begütigen, dachte sie. Sie ritt zwischen Lothar und einem der andern Offiziere schnell voraus, die beiden andern Offiziere folgten, und Ronald und Veva bildeten den Schluß.

An einem Kreuzweg mußten sich die Offiziere von den Damen und Ronald trennen, weil sie hier einen andern Weg nach der Stadt einschlugen. Sie verabschiedeten sich in heiterster Stimmung.

Ronald und die beiden Damen ritten weiter. Aber die frohe Laune schien mit den Offizieren verflogen zu sein. Lilian wurde sehr still, und Ronald sah düster vor sich hin und biß sich nervös auf die Lippen.

Für den nächsten Sonntag sollten die Offiziere zum Diner nach Kreuzberg geladen werden. Veva schrieb auf Lilians Bitte die Einladungen aus.

»Sie senden doch auch Herrn von Ortlingen eine Einladung, Genoveva?« fragte Lilian.

»Wenn ich darf, sehr gern.«

»Gewiß dürfen Sie.«

Und so schickte Veva denn einen Boten mit den Einladungen nach der Stadt und einen andern nach Ortlingen. Sie fertigte die Boten in Lilians Beisein ab, und diese sah, daß der Bote nach Ortlingen außer dem großen, eleganten Kuvert, das die Einladung enthielt, noch ein kleines Billett zur Besorgung erhielt.

Ein Liebesbriefchen, dachte Lilian.

Als Lilian gesehen hatte, daß Veva dem Boten zwei

Briefe für Ronald von Ortlingen übergab, ging sie still aus dem Zimmer und suchte ihr Turmgemach auf.

Gleich darauf tönten die tiefen, weichen Klänge des Harmoniums durch den stillen Raum.

Sie beherrschte das Instrument meisterhaft, und unter den Klängen kam Ruhe und Frieden in ihre Seele. Leise trat nach einer Weile ihr Vater ein, winkte ihr zu, sich nicht stören zu lassen, und nahm in einer der Fensternischen Platz. Sie spielte eine Bachsche Komposition zu Ende. Dann wandte sie sich lächelnd zu ihrem Vater um.

»Soll ich nun noch weiterspielen, Papa?«

»Wenn du willst. Du weißt, wie gern ich dir zuhöre.«

Sie spielte noch ein Stück. Dann erhob sie sich und setzte sich dem Vater gegenüber. Eine Weile sahen sie sich in die Augen mit dem sinnenden zärtlichen Ausdruck, der ihnen eigen war. Endlich sagte Lilian leise:

»Wie lange willst du noch hier in der Heimat Mr. Crosshill bleiben, lieber Papa? Gelüstet es dich noch nicht, den Schleier zu lüften?«

Er faßte ihre Hand. »Offen gesagt, Kind, ich fürchte mich ein wenig vor dieser Enthüllung. Ich weiß, daß dann allerlei Erregungen auf mich einstürmen. Wäre ich noch der gesunde, starke Mann früherer Tage, ich hätte längst die Maske abgeworfen. Aber ich fühle mich Erregungen weniger denn je gewachsen.«

Sie sah ihn sorgend an. »Du fühlst dich schlechter als sonst, Papa?« fragte sie angstvoll.

Er atmete tief auf. »Ich kann nicht sagen schlechter, mein liebes Kind. Nur fühle ich mich oft so müde, daß ich meine, ich könnte eine große Aufregung nicht mehr ertragen. Und ich möchte doch meine Rechtfertigung noch erleben und möchte die Gewißheit haben, daß du dein Haupt hier frei und stolz erheben darfst. Deshalb spare ich so ängstlich mit meinen Kräften. Habe ich doch bisher sogar einen Besuch in Ortlingen vermieden. Und doch zieht es mich mit Allgewalt hinüber. Einmal noch möchte ich die Stätte wiedersehen, wo Anneliese von Strachwitz lebte – und litt. Täglich zieht es mich dorthin, wie nach einem geweihten Boden. Und nun habe ich mir vorgenommen, daß ich nächste Woche hinüberfahren werde. Ich denke, wir fahren mit Tante Stasi und Veva, die sollen die Aufmerksamkeit ein wenig von mir ablenken. Deiner Hilfe bin ich ja sicher.«

Lilian nickte: »Ja, Papa. Du kannst dann wohl am Sonntag Herrn von Ortlingen unser Kommen ankündigen. Da wir ja in der Stadt schon Karten abgegeben haben, müssen wir doch wohl auch in Ortlingen Besuch machen. Auch auf den umliegenden Gütern müssen wir Visite machen.«

»Ja, ja, mein Kind, im Auto sind wir ja bald herum. Es soll alles geschehen. Übrigens suchte ich dich eigentlich in einer anderen Angelegenheit auf. Ich wollte dir sagen, daß ich meinen längst festgelegten Letzten Willen, der dich nach Abzug einiger Legate zu meiner Universalerbin macht, noch ein Kodizill angehängt habe, wie wir neulich besprochen haben. Du weißt, es handelt sich um Tante Stasi und Veva. Ich möchte die Zukunft dieser beiden Frauen sicherstellen.«

Lilian nickte und streichelte seine Hand.

Sie dachte zwar bei sich, daß Vevas Zukunft bald ein anderer sicherstellen würde, aber sie hatte ihrem Vater noch nie etwas von ihren Beobachtungen gesagt und wollte auch jetzt nicht darüber sprechen.

»Es ist gut so, lieber Papa. Wir sind ja darüber einig. Aber nun sprich nicht mehr davon, daß eines Tages dieser Letzte Wille in Kraft treten muß. Kommt das Grausame an uns heran, so will ich tapfer sein. Aber vorher will ich nicht daran denken, will mir nicht eine Minute des Zusammenseins mit dir durch die Angst vor dieser Stunde trüben lassen. Gott wird uns ja nicht so bald vor eine Trennung stellen und dich mir noch lange Jahre erhalten. Du wirst diese Schwäche schon überwinden, sie ist eine Folge der anstrengenden Kur. Du weißt doch, der Nauheimer Arzt sagte es dir voraus, daß die Kur eine gewisse Mattigkeit zurücklassen würde.«

Er streichelte ihr Haar. »Ja, ja, mein Kind, ich fürchte ja auch den Tod nicht. Ein langes und reiches Leben liegt hinter mir, in dem ich alle Höhen und Tiefen kennengelernt habe. Und jetzt, an der Schwelle des Greisenalters, ist meine ganze Jugend hier noch einmal lebendig geworden. Ich durchlebe sie gewissermaßen zum zweitenmal. Nun habe ich nur noch zwei Wünsche: Ortlingen wiederzusehen und von Ortlingen über seine Mutter und ihr Leben sprechen zu hören – und meine Ehre wieder ganz rein zu waschen von falschen Verdächtigungen. Ich habe das Gefühl, als wisse Ronald von Ortlingen alles, was damals geschehen ist.«

»Nun, du würdest das alles wohl erfahren, wenn du deine Maske fallen ließest und ihn offen danach fragen würdest. Aber ich fürchte selbst, du würdest dich zu sehr aufregen, und kann und will dir deshalb nicht zu diesem Schritte raten.«

»Wir werden langsam, Schritt für Schritt, unserem Ziele näherkommen, Lilian. Einmal muß ja die Wahrheit an den Tag kommen. Manchmal wünsche ich freilich, es geschähe erst nach meinem Tode. Dann wäre es an dir, den Schleier zu lüften und für mich einzutreten. Das wirst du tun, Lilian, wenn mich der Tod zu früh ereilt, nicht wahr?«

»Gewiß, mein lieber, lieber Papa, ich verspreche es dir.«

»Gut, gut, so wollen wir alles an uns herankommen lassen. Aber halt – ehe ich vergesse – Mr. White hat auf meinen Wunsch unter der Hand Erkundigungen über Lothar von Kreuzberg eingezogen. Der arme Schelm schlägt sich schlecht und recht mit einer sehr knappen Zulage durch seine Leutnantsmisere. Bei seinem Naturell ist das eine doppelte Plage. Ich kann mich in seine Lage versetzen, wenn ich an vergangene Tage denke. Lothar hat es nun trotz allen guten Willens nicht hindern können, Schulden zu machen, die langsam angewachsen sind. Ich habe Mr. White Auftrag gegeben, nachzuforschen, wie hoch sich seine Schulden belaufen und wer seine Gläubiger sind.«

Lilian lachte leise. Seit Lothars Name genannt worden war, blickten Vater und Tochter unwillkürlich heiterer.

»Ich weiß nun schon, was du tun wirst, Papa – und ich freue mich deines Vorsatzes. Lothar ist uns lieb geworden, nicht wahr?«

John Crosshill nickte. »Sehr lieb, er ist von einer so gesunden Frische, daß man alle Plage in seiner Gegenwart vergißt. Das will ich ihm dankbar gedenken. Und wir verstehen uns wieder einmal ohne Worte, meine Lilian. Natürlich darf er nicht wissen, wer ihm diesen ›Klotz am Bein‹ amputiert hat. Ich werde mir einen kleinen Scherz leisten.«

Er berichtete Lilian, was er sich ausgedacht hatte. Lächelnd hörte sie ihm zu und nickte fröhlich zustimmend.

So waren Vater und Tochter in heiterer Stimmung, als es klopfte und auf ihren Ruf Veva eintrat.

»Ich wollte nur fragen, ob Sie meiner bedürfen, Lilian«, sagte sie und sah mit ihren goldschimmernden Augen auf Vater und Tochter. Lilian zog sie heran. »Ja, kommen Sie, Genoveva, und plaudern Sie mit uns. Wir erzählen uns eben Schnurren von Ihrem Vetter.«

Veva zog sich einen Sessel herbei. »Lothar ist ein unerschöpfliches Thema, wenn man guter Laune sein will. Mir geht es selber so: wenn ich einmal so recht verzagt bin, brauche ich nur an ihn zu denken. Dann höre ich ihn im Geiste sagen: ›Nur Mut, die Sache wird schon schiefgehen.‹ Und gleich muß ich alles Zagen vergessen.«

»Gibt es denn in Ihrem Dasein auch verzagte Stunden, Fräulein Veva?« fragte John Crosshill lächelnd.

Veva atmete tief auf und sah ihn mit leuchtenden Augen. »Manchmal – o ja – aber ich sage mir immer schnell wieder, daß es ein Unrecht von mir ist, verzagt zu sein. Tante Stasi sagt: Unverzagten Menschen hilft der liebe Gott am liebsten. Und daran halte ich mich.«

»Bravo, Fräulein Veva! Das gefällt mir.«

Lilian sah Veva still an und dachte, daß diese trotz allem beneidenswert sei.

Bei dem auserlesenen Diner, zu dem die Offiziere und Ronald von Ortlingen nach Kreuzberg geladen waren, herrschte fröhlichste Stimmung, die noch erhöht wurde durch die köstlichen Weine und Lothars gute Laune.

Nur Ronald mußte sich auch heute zur Heiterkeit zwingen, die ihm nicht aus dem Herzen kam.

Veva war ihm, als er kam, entgegengeeilt. »Hast du einen Brief für mich, Ronald?« fragte sie leise.

Er sah sie lächelnd an. »Ja, einen sehr umfangreichen, zwölf Seiten mindestens. Aber ich kann ihn dir jetzt nicht geben, man beobachtet uns. Ich werde ihn Tante Stasi aushändigen. Da kannst du ihn dir dann dort abholen.« Sie drückte mit selig aufleuchtendem Blick seine Hand. »Lieber Ronald, tausend Dank.«

Er nickte ihr lächelnd zu und ging, um die andern Herrschaften zu begrüßen. Lilian hatte aus dem Nebenzimmer die kleine Szene beobachtet.

Sie sind wieder versöhnt, dachte sie.

Das Diner erstreckte sich bis zum Spätnachmittag. Nach Tisch bildeten sich, während der Mokka serviert wurde, zwanglose Gruppen. Und wieder fesselte Lilian Lothar von Kreuzberg an ihre Seite. Er ließ sich das natürlich mit Wonne gefallen und suchte sie so gut wie möglich zu unterhalten. Ihr klares, warmes Lachen klang verschiedene Male an Ronalds Ohr.

Mitten in diesem fröhlichen Kreise überkam ihn plötzlich ein Gefühl der trostlosesten Vereinsamung. Ihm war zumute, als gehöre er nicht in diese heitere Gesellschaft. Ganz allein saß er eine Weile in einer der tiefen Fensternischen, im Banne einer unbeschreiblichen Traurigkeit, über die er nicht Herr werden konnte. Da trat Mr. Crosshill an seine Seite.

»Sie haben sich in diese Nische wie auf eine stille Insel zurückgezogen, Herr von Ortlingen. Störe ich Sie?«

»Keineswegs, Mr. Crosshill! Ich ließ nur das bunte Bild auf mich einwirken. Die Uniformen der Herren stimmen so gut zu den Toiletten der Damen. Ich bewundere in aller Ruhe diese Farbensymphonie.«

»Bitte behalten Sie Platz. Wenn Sie gestatten, setze ich mich ein Weilchen zu Ihnen und bewundere mit.«

Helles Lachen klang in diesem Moment zu ihnen herüber.

»Da hat sicher Herr von Kreuzberg wieder einen guten Einfall gehabt.«

»Ja, er hat immer die Lacher auf seiner Seite. Er ist ein liebenswerter Mensch«, erwiderte Ronald, seinen Ärger verbeißend.

»Er ist außerdem ein sehr guter Mensch«, bemerkte der alte Herr warm.

Ronalds Stirn zog sich zusammen. »Ich kenne ihn zuwenig, um ihn beurteilen zu können«, sagte er kühl.

Mr. Crosshill sah mit still verklärtem Blick in Ronalds Gesicht. »Auch ich kenne ihn nur wenig, erst seit kurzer Zeit. Aber wenn man alt geworden ist, lernt man die Menschen leichter verstehen und einschätzen.«

Ronald blickte ihn mit seinen hellen Augen forschend an. »Dann möchte ich wissen, wie Sie mich einschätzen, Mr. Crosshill.«

Er sagte das halb im Ernst, halb im Scherz. Das Gesicht des alten Herrn überflog ein weiches Lächeln.

»Das kann ich Ihnen ganz offen sagen, Herr von Ortlingen. Wenn mir das Schicksal einen Sohn beschert hätte, so hätte ich mir gewünscht, daß er wie Sie beschaffen sein möchte, nur vielleicht nicht ganz so schwerblütig.«

Ronalds Stirn rötete sich jäh. Wer ihm vor kurzer Zeit noch gesagt hätte, daß ihm solche Worte aus dem Mund des »Amerikaners« so wohl tun würden, dem hätte er nicht geglaubt.

Ronald atmete tief auf. »Ihre Worte ehren mich sehr, Mr. Crosshill. Und was meine Schwerblütigkeit betrifft, die hängt mir an seit meiner Kindheit, und ich kann sie mit dem besten Willen nicht ganz loswerden. Ich habe eine trübe Kindheit und Jugend hinter mir, mußte mit meinen Gefühlen zwischen Vater und Mutter stehen, die sich im Herzen nicht zueinander finden konnten. Es schmerzte mich, daß ich den Vater nicht lieben konnte, und schmerzte mich noch viel mehr, daß ich meine Mutter leiden sah. Denn ich habe meine Mutter namenlos geliebt und verehrt. Sie trug ein schweres Los und hatte nur ein Glück: meine Liebe.«

Ronald wußte selbst nicht, wie es kam, daß er Mr. Crosshill einen so tiefen Blick in sein Inneres gestattete. In den Augen des alten Herrn funkelte es seltsam feucht. »Es klingt so gut, wie sie von Ihrer Mutter sprechen«, sagte er leise.

Ronald fuhr sich über die Stirn. »In meiner Mutter sah ich das Ideal einer Frau. Sie war mir alles. Solange mein Vater lebte, war ich oft auf lange Zeit von ihr getrennt; aber es war mir immer, als schritte sie an meiner Seite. Nach meines Vaters Tod waren wir unzertrennlich, bis sie starb. Nun ist es mir natürlich sehr einsam in Ortlingen.«

Ronald hatte das Gefühl, verstanden zu werden. Die Worte drängten sich wie in einem Zwang über seine Lippen.

John Crosshill richtete sich auf, als wolle er eine Last abwerfen, die ihn zu Boden drücken wollte. Dann sagte er bewegt: »Ich kann Ihnen das alles nachfühlen, denn zwischen meiner Tochter und mir herrscht ein ebenso inniges Verhältnis. Und wenn ich einmal abgerufen werde, wird sie auch vereinsamt zurückbleiben, denn sie ist eine Natur, die sich in ihrem innersten Fühlen und Denken nur schwer an jemand anschließen kann. Ich freue mich deshalb sehr, daß sie sich mit Tante Stasi und Fräulein Veva so gut verstehen lernte. So hat sie wenigstens zwei Menschen, die sie vor völliger Vereinsamung schützen. Aber auf was für ernste Dinge sind wir geraten, während alles um uns her lacht und fröhlich ist? Ich wollte Ihnen nur noch sagen, daß wir in den nächsten Tagen endlich unseren Besuch in Ortlingen machen wollen. Ich möchte mir gern ihr schönes Schloß ansehen. Es wurde mir viel gerühmt von Tante Stasi und Fräulein Veva.«

»Und wann darf ich Sie erwarten?«

»Nun, sagen wir übermorgen, gleich nach Tisch.«

»Es ist gut. Und sie müssen mindestens bis zum Tee bleiben. Tante Stasi und Veva können Sie und Ihr Fräulein Tochter begleiten. Ich freue mich sehr darauf, Sie alle bei mir zu sehen.«

Am übernächsten Tage fuhr Mr. Crosshill mit den drei Damen nach Ortlingen.

Ronald erwartete seine Gäste an der Schwelle seines Hauses und begrüßte sie sichtlich erfreut und herzlich.

Bei der allgemeinen Begrüßung fiel es niemand auf, daß John Crosshill eine Weile zögernd vor dem Portal stand und seinen Blick nach der Seite der Terrasse hinüberschweifen ließ, wo die Zimmer von Ronalds Mutter lagen. Sein Antlitz war sehr blaß und zuckte nervös wie in tiefer Erregung.

Lilian faßte endlich seinen Arm. »Lieber Papa«, flüsterte sie beruhigend.

Er nickte ihr, sich zusammenraffend, zu, und ging dann an ihrer Seite mit festen Schritten über die Schwelle.

Frau Hellmann begrüßte die Gäste ihres Herrn in der großen Vorhalle in ihrer feinen, stillen Art und geleitete sie in das große Empfangszimmer neben der Halle.

Hier plauderte man eine Weile, bis Mr. Crosshill den

Wunsch aussprach, das Schloß zu besichtigen.

Ronald war sogleich bereit, seine Gäste herumzuführen. In der langen Ahnengalerie und den großen Repräsentationsräumen war viel Glanz und solide Pracht aufgespeichert, und Lilian dachte an Vevas Ausspruch, daß hier jedes Möbel seit Jahrhunderten seinen angestammten Platz hatte.

Als die kleine Gesellschaft in Ronalds Arbeitszimmer eintrat, faßte John Crosshill plötzlich mit einem krampfhaften Druck Lilians Arm.

Sie sah erschrocken zu ihm auf. Er war sehr bleich geworden und sah mit großen starren Augen zu einem Bilde empor, das über dem Schreibtisch hing. Es war das Porträt einer jungen Frau in Lebensgröße.

Lilian ahnte, wen dieses Bild darstellte. Und sogleich sagte auch Ronald neben ihr: »Es ist meine Mutter. Das Bild ist bald nach meiner Geburt gemalt worden.«

»Von einem wahrhaften Künstler, das Bild lebt«, rang es sich in rauhen Tönen von John Crosshills Lippen.

Tante Stasi stand abseits und sah erregt in sein Gesicht.

Ronald aber sagte überrascht: »Ich hörte diesen Ausspruch vor dem Bilde schon oft, von Menschen, die meine Mutter gut gekannt haben. Daß Sie dasselbe Urteil über dieses Bild haben, Mr. Crosshill, ohne das Original gekannt zu haben, ist ein Zeichen, daß es wirklich gut ist.«

Lilian drückte mahnend des Vaters Arm.

John Crosshill faßte sich. »Man braucht das Original nicht gekannt zu haben, um das Bild meisterhaft zu finden«, sagte er so ruhig er konnte, ohne seine Augen von dem leidvollen Frauenantlitz zu lassen. »Zum Beispiel dies Medaillon an der goldenen Kette, die Ihre Frau Mutter auf diesem Bilde um den Hals trägt, es ist gemalt, daß man glaubt, es mit den Händen greifen zu können.«

Lilian erzitterte leise und sah mit großen Augen auf das gemalte Medaillon. Sie ahnte, daß es dasselbe war, das im Leben ihres Vaters eine entscheidende Rolle gespielt hatte. Er hatte ihr davon erzählt.

Lilian wollte ihrem Vater zu Hilfe kommen, da sie merkte, daß er seine Erregung nicht verbergen konnte.

»Papa interessiert sich sehr für Porträts. Gestatten Sie, Herr von Ortlingen, daß er sich dieses Gemälde eine Weile in Ruhe betrachtet«, sagte sie zu Ronald.

Tante Stasi unterstützte sie instinktiv. »Sie können ja inzwischen mit den jungen Damen weitergehen, lieber Ronald. Ich warte auf Mr. Crosshill und komme mit ihm nach.«

John Crosshill sank, als die andern sich entfernt hatten, mit einem schweren Atemzug in den Sessel, und Tante Stasi ließ sich hinter ihm am Fenster nieder. Der alte Herr vergaß, daß er nicht allein war. Seine Augen ruhten, wie in Andacht versunken, auf dem feinen, lebenswahren Frauenantlitz. Und seine Lippen formten einen Namen, der leise, wie ein Hauch durch das Zimmer schwebte.

»Anneliese.« So leise er auch seinen Lippen entfloh, Tante Stasi vernahm ihn doch. Und aus ihren Augen tropfte es plötzlich heiß und brennend auf ihre krampfhaft verschlungenen Hände herab. Aber sie regte sich nicht, um den stillen Mann da drüben nicht in seiner Andacht zu stören.

John Crosshill saß lange und in sich versunken vor dem Bilde. Seine Augen glitten nur einige Male herab auf das

Medaillon um den schönen, schlanken Frauenhals.

Anneliese von Ortlingen hatte dies Medaillon mit ins Grab genommen, und Ronald von Ortlingen mußte wissen, warum sie sich nicht davon trennen wollte.

Dieser Gedanke wirkte wie eine friedliche, beruhigende Botschaft auf John Crosshill.

Nach einem letzten, langen Blick in das stille Gesicht da oben erhob er sich endlich und sah sich wie erwachend um. Ein stilles Leuchten lag auf seinem Antlitz.

Er sah Tante Stasi am Fenster sitzen und scheinbar ruhig hinausblicken. Da trat er neben sie, und auf das Bild zeigend, sagte er leise, als fürchte er, die Ruhe einer Toten zu stören:

»Auf diesem Antlitz liegt ein Schicksal.«

Sie neigte nur still das Haupt. Und Seite an Seite gingen sie langsam aus dem Zimmer. Auf der Schwelle wandte sich John Crosshill noch einmal um und sah wie abschiednehmend nach dem Bild hinüber. Ein verirrter Sonnenstrahl huschte gerade über das gemalte Gesicht, wie ein verlorenes Lächeln, wie ein stiller Gruß.

Sie sprachen nicht mehr zusammen, bis sie wieder mit Ronald und den beiden jungen Damen zusammentrafen.

John Crosshill erklärte, daß er sich doch zuviel zugemutet habe. »Ich kann mich heute nicht weiter an der Besichtigung des Schlosses beteiligen, Herr von Ortlingen.«

»So lassen Sie uns eine Weile unten auf der Terrasse im Sonnenschein sitzen, Mr. Crosshill, bis Ronald und Veva Miß Lilian vollends herumgeführt haben. Ich leiste Ihnen gern Gesellschaft, denn ich habe das alles schon oft gesehen«, sagte Tante Stasi. John Crosshill ging gern auf diesen Vorschlag ein.

Sie saßen vor den Fenstertüren, die zu den Zimmern von Ronalds Mutter führten. John Crosshills Augen hingen an diesen Türen mit einem schmerzvoll finsteren Ausdruck. Seine Stirn zog sich in finstere Falten, als quäle ihn eine böse Erinnerung.

So saß er still in sich gekehrt, und Tante Stasi störte ihn nicht.

Endlich kamen die jungen Leute auf die Terrasse heraus. Bis auf die Zimmer seiner Mutter hatte Ronald Lilian sein ganzes Haus gezeigt, nur diese Zimmer hatte er nicht geöffnet.

Jetzt aber, nachdem sie eine Weile plaudernd vor diesen Zimmern gesessen hatten, erhob er sich plötzlich und sagte:

»Wollen Sie noch einen Augenblick hier eintreten in die Zimmer meiner Mutter? Ich möchte Ihnen mein Harmonium zeigen. Sie sollen sehen, daß es dasselbe Fabrikat ist wie das Ihre.«

Veva sah fast erschrocken zu Ronald empor. Sie wußte ja, daß er diese Zimmer heilig hielt und keinen fremden Fuß über die Schwelle ließ. Daß er es Lilian gestattete, war eine große Auszeichnung.

Mr. Crosshill sah den jungen Leuten nach. Das Leuchten von vorhin war wieder auf seinem Antlitz, als seine Tochter diese geheiligte Schwelle überschritt. Unwillkürlich beugte er sich vor in seinem Sessel. Und so vorgeneigt konnte er in das geöffnete Zimmer hineinblikken.

Seine Augen fielen sofort auf das Porträt von Ronalds Vater. Da zuckte er zusammen wie unter einem Schlag.

Sein Antlitz bekam einen furchtbaren Ausdruck, aus Qual, Zorn und Haß gemischt. Er starrte mit wilden Blicken in das Gesicht seines Todfeindes, und seine Züge verzerrten sich.

Ein röchelnder Laut rang sich aus seiner Brust und machte Tante Stasi aufmerksam. Sie sah und begriff sofort alles. Und als er nun mit rotem Gesicht und qualvoll nach Atem ringend in seinen Sessel zurückfiel, sprang sie auf, um ihm zu helfen.

In demselben Augenblick drangen aus dem geöffneten Zimmer weiche, volle Töne. Lilian spielte auf dem Harmonium. Und diese Klänge wirkten beruhigend auf den furchtbar erregten Mann. Zwar nahm er dankbar das immer bereite Pulver, das ihm Tante Stasi schnell reichte, aber er winkte ihr beruhigend zu.

»Still, still, es geht vorüber, danke«, stammelte er.

Tante Stasis Hände zitterten, als sie die Medizin, die sie für Mr. Crosshill immer bei sich führte, wieder in ihrer Handtasche barg.

»Es ist vorüber, ich habe mich ein wenig übernommen heute. Spielt da nicht Lilian auf dem Harmonium?«

»Ja, im Zimmer von der verstorbenen Frau von Ortlingen. Herr von Ortlingen muß Ihr Fräulein Tochter sehr hoch schätzen, da er ihr die Zimmer seiner Mutter öffnete. Bis heute durfte kein fremder Fuß diese Zimmer betreten.«

»Sie meinen, daß Ronald von Ortlingen einige Sympathie für meine Tochter hegt?« fragte er.

»Ja! Er kam ihr erst mit einem Vorurteil entgegen, das der Ausländerin galt. Aber dies Vorurteil hat er längst fallenlassen.«

Der alte Herr blickte zu ihr empor mit einem seltsam

leuchtenden Blick. »Wie kommt es, daß Herr von Ortlingen noch nicht verheiratet ist?«

Tante Stasi sah unsicher zur Seite, als wollte sie vermeiden, in seine Augen zu sehen. »Ronald darf nach den Bestimmungen des Majorats nur eine Frau heiraten, die von gleich altem Adel ist wie er selbst.«

Dann kamen die jungen Leute zurück. John Crosshill sah von Lilian zu Ronald von Ortlingen hinüber. Er merkte, daß beider Antlitz blaß und erregt war. Nur Veva war unbefangen heiter. Sie freute sich harmlos, daß Ronald scheinbar seine Abneigung gegen Lilian verloren hatte.

Erst gegen sieben Uhr brachen die Gäste Ronalds auf, um nach Kreuzberg zurückzukehren.

Sie legten die Fahrt fast schweigend zurück, jeder mit seinen eigenen Gedanken beschäftigt.

Daheim angelangt, begleitete Lilian den Vater in seine Zimmer. Sie schmiegte sich in seine Arme.

»Nun liegt auch das hinter dir, mein lieber Papa! Wie sehr war ich in Sorge um dich. Aber seit ich heute das Bild von Ronald von Ortlingens Mutter gesehen habe, kann ich dich noch viel besser verstehen als bisher. Ich habe auch in ihren Zimmern das Bild ihres Gatten, Ronalds Vater, gesehen. Welch ein hartes, tyrannisches Gesicht. Sein Sohn gleicht ihm wenig – Gott sei Dank!«

Das letzte fuhr ihr gegen ihren Willen heraus.

Der Vater sah sie forschend an, und sie errötete jäh unter seinem Blick.

Lilian und Ronald von Ortlingen? Das wäre ein seltsamer Abschluß. Sollte das Schicksal sich diesen friedlichen Ausgleich vorbehalten haben? Ich muß die beiden jungen Menschen doch einmal schärfer beobachten, dachte Mr. Crosshill.

Ronald hatte mit gemischten Gefühlen die Einladung zu einem Gartenfest in Kreuzberg empfangen. Es gefiel ihm durchaus nicht, daß Kreuzberg jetzt immer voller Gäste war.

Mit wenig Freude kleidete sich Ronald an und fuhr nach Kreuzberg. Als einer der letzten Gäste traf er dort ein. Das Fest war schon im vollen Gange. Ein buntes, lebhaftes Bild bot sich seinen Augen.

Mr. Crosshill, der im Frack eine imposante, vornehme Erscheinung bot, kam auf ihn zu und schüttelte ihm herzlich die Hand. Sie mischten sich unter die fröhliche Gesellschaft.

Ronald ließ seine Augen suchend umherschweifen, während er mit Mr. Crosshill plauderte. Er hatte Lilian noch nicht entdeckt. Endlich sah er sie. Sie kam aus einem der Zelte auf ihn zugeschritten, in einem ganz schlichten weißen Kleid ohne jeden Schmuck. Nur einige Rosen hatte sie in den Gürtel gesteckt, sie waren frisch vom Strauch gebrochen. Mit Absicht hatte sie diese einfache Toilette gewählt. Sie wußte, daß die Damen des Regiments meist in sehr bescheidenen Verhältnissen lebten, und wollte sie nicht durch eine prunkende Toilette in den Schatten stellen.

An Lilians Seite schritt die Frau Oberst, eine etwas starke, kurzatmige Dame, deren volles, rotes Gesicht sich mühte, recht vornehm auszusehen.

Ronald sah, daß Lilian zu einer erregten Rede der Frau Oberst mit ruhigem Lächeln anmutig das Haupt neigte. Wie vornehm und reizend ihre Haltung war und wie wohltuend ihr Wesen abstach gegen das ihres Gastes.

Er ging ihr schnell entgegen und begrüßte sie. Ihr Gesicht nahm sofort den kühlen, förmlichen Ausdruck an, den sie immer für ihn hatte, und ihre Augen blickten stolz und kalt in die seinen.

Ein heißer, schmerzlicher Zorn stieg in ihm auf. Warum war sie gerade ihm gegenüber stets so eisig und förmlich, warum hatte sie nie für ihn ein freundliches Lächeln, wie sie es andern zuteil werden ließ? Was hatte er ihr nur getan, weshalb kränkte sie ihn so sehr?

»Genoveva sitzt da drüben in diesem Zelt«, sagte sie hastig, nachdem sie ihn begrüßt hatte, und schritt weiter.

Langsam und bedrückt ging Ronald weiter, um Veva zu begrüßen. Er fand sie mit einigen jungen Damen in dem bezeichneten Zelt.

Ronald wurde lachend und mit strahlenden Blicken empfangen. Er galt als die glänzendste Partie im weiten Umkreis, und manche der jungen Damen konnte mit der nötigen Ahnenzahl aufwarten, die eine Herrin von Ortlingen besitzen mußte.

Veva machte ihm lächelnd neben sich Platz, und er ließ sich nieder und plauderte scherzend mit den jungen Damen, die sich eifrig mühten, ihm zu gefallen.

Lilian hatte ihn mit ihren Blicken verfolgt, und als sie sah, daß er neben Veva Platz nahm, stahl sich ein leiser Seufzer über ihre Lippen.

»Warum muß ich gerade mein Herz an diesen einen Mann hängen, der mir unerreichbar ist und der einer andern gehört? Gibt es nicht genug andere Männer, die ebenso reich ausgestattet sind mit Gaben des Geistes und des Körpers? Ist es Bestimmung? Mein Vater liebte seine Mutter; vielleicht muß ich deshalb mein Herz an ihn verlieren. Und wenn er Genoveva nicht vor mir geliebt hätte, ob sich dann vielleicht sein Herz mir zugewandt hätte?«

Endlich fiel es ihr auf, daß alle jungen Herren sich um sie geschart hatten und die anderen jungen Damen kaum beachteten. Da wandte sie sich hastig an Lothar.

»Wissen Sie vielleicht, wo mein Vater ist, Herr von Kreuzberg?«

»Nein, mein gnädiges Fräulein. Darf ich helfen, ihn zu suchen?« antwortete Lothar und riskierte einen tiefen, feurigen Blick in ihre Augen.

Sie achtete gar nicht darauf. Mit einem freundlichen Lächeln verabschiedete sie sich von den Herren.

»Ich muß nach meinem Vater sehen, damit er sich nicht zuviel zumutet. Viel Vergnügen inzwischen, meine Herren«, sagte sie und legte ihre Hand auf Lothars Arm, der sie stolz wie ein Sieger davonführte.

Sie mußten lange suchen, ehe sie John Crosshill fanden. Überall wurden sie aufgehalten. In dem Zelt, wo vorhin Ronald neben Veva gesessen, hatten sich einige junge Herren unter die Damen gemischt. Veva und Ronald waren nicht mehr dabei, das sah Lilian sofort. Lachend wurde Lilian aufgefordert, Platz zu nehmen, aber sie löste sich mit einem Scherzwort und ging mit Lothar weiter.

Nach einer Weile kamen sie an einem kleinen Zelt, unweit der Musik, vorbei. Als Lilian hineinsah, erblickte sie Ronald und Veva. Sie waren ganz allein, saßen sich gegenüber und sahen sich lächelnd ins Gesicht.

Lilian glaubte natürlich, die »Liebenden« hätten sich mit Absicht in die Einsamkeit dieses Zeltes zurückgezogen, und zog Lothar eilig weiter.

Sie fanden Mr. Crosshill endlich im friedlichen Ge-

spräch mit einigen älteren Herren, die sich um eine eis-
gekühlte Bowle in einem der Zelte versammelt hatten. In
nächster Nähe saß Tante Stasi mit einer alten Dame auf
einer Bank, wie eine treue Schildwache auf John Crosshill achtend.

»Sie können ganz unbesorgt sein, Lilian. Ich lasse Ihren Herrn Vater nicht aus den Augen«, sagte sie lächelnd, als die beiden jungen Leute zu ihr traten.

Lilian nickte ihr dankbar zu. »Entschuldigen Sie mich
einige Minuten, Herr von Kreuzberg, da ich Papa nun
einmal gefunden habe, will ich mich schnell von seinem
Wohlsein überzeugen.« Sie löste ihren Arm aus dem
Lothars und ging zu ihrem Vater hinüber, während Lothar sich mit den beiden alten Damen unterhielt.

Lilian wurde von den alten Herren mit heiteren Kom-
plimenten empfangen. Man wollte ihr Platz machen,
aber sie dankte lächelnd.

»Ich gehe gleich wieder fort, meine Herren, bitte sich
nicht stören zu lassen. Ich wollte nur sehen, ob Sie auch
mit allem versehen sind«, sagte sie, während sie verstohlen des Vaters Hand drückte.

Es wurde ihr versichert, daß man sich riesig behaglich
fühle und nichts entbehre.

Lilian sah den Vater forschend an. Er nickte ihr beruhigend zu, und da sie ihn heiter und ruhig sah, ging sie
wieder davon.

Lothar kam ihr schon entgegen und bot ihr den Arm.

Ronald hatte Lilian mit Lothar vorübergehen sehen,
und als sie jetzt auf dem Rückweg wieder an dem Zelt
vorüberkamen, wo er mit Veva saß, sprang er auf und
bat Veva, mit ihm hinauszutreten ins Freie. So standen
sie plötzlich vor Lilian und Lothar.

»Sie suchen gewiß ein Ruheplätzchen, mein gnädiges Fräulein. Dies Zelt ist ganz leer. Wollen Sie nicht Platz nehmen?« fragte Ronald hastig, um eine Anknüpfung zu finden.

Lilian zögerte einen Augenblick unschlüssig, aber dann trat sie ein und ließ sich in einem Sessel nieder.

»Da heute noch getanzt werden soll, ist es gut, man ruht sich ein wenig aus«, sagte sie. »Kommen Sie, Genoveva, setzen Sie sich zu uns.«

Veva nahm an ihrer Seite Platz, und die Herren ließen sich den Damen gegenüber nieder.

Gleich darauf wurde Lothar von einer Schar junger Mädchen entführt, die ihn zu einem Spiel brauchten.

Lilian unterhielt sich mit Ronald und Veva über oberflächliche Dinge. Kaum war Lothar aber verschwunden, da wurde Veva durch einen Diener abgerufen.

»Ich komme gleich wieder«, sagte sie und eilte aus dem Zelt.

So saßen sich Ronald und Lilian plötzlich allein gegenüber. Lilian suchte das belanglose Gespräch fortzusetzen, aber ihre Miene war dabei kühler und förmlicher denn je.

In seiner Brust kämpfte ein Gefühl der Bitterkeit über ihre Kälte mit einer plötzlich über ihn kommenden heißen Sehnsucht, so mit ihr allein bleiben zu können.

Mit einem brennenden Blick in ihr Gesicht sehend, sagte er plötzlich halblaut, mit verhaltener Stimme: »Da mir der Zufall ein kurzes Alleinsein mit Ihnen beschert hat, möchte ich die Gelegenheit benützen, Ihnen eine Frage vorzulegen, die ich schon lange an Sie richten wollte. Was habe ich verbrochen, daß Sie mich immer so kalt und abweisend behandeln?«

Sie saß wie gelähmt vor Schreck über die Frage. Das Blut schoß ihr jäh ins Antlitz.

»Ich verstehe Sie nicht, ich weiß nicht, was Sie meinen, Herr von Ortlingen«, stieß sie zitternd hervor.

Er neigte sich vor und sah sie forschend an. »Doch, Sie verstehen mich, und Sie sind ein viel zu wahrhaftiger Charakter, als daß Ihnen eine Unwahrheit nicht schwerfiele. Sie weichen mir aus, und das bestärkt mich in der Annahme, daß Sie etwas gegen mich haben.«

Sie rang nach Fassung. »Nein, nein. Sie irren sich, ich habe gewiß nichts gegen Sie, wie sollte ich? Sie sind uns, meinem Vater und mir, stets ein gern gesehener Gast.«

»Ihrem Herrn Vater, ja. Das fühle ich und freue mich darüber. Aber nicht Ihnen. Das fühle ich auch; und es schmerzt mich.«

Sie hob die gesenkten Augen und sah ihn an. Und da erschrak sie bis in ihre tiefste Seele hinein. Aus seinen Augen leuchtete ihr etwas entgegen, was sie in einen Aufruhr versetzte. Wie ein heißes Sehnen brannte es aus seinem Blick in den ihren und wie ein stummes Flehen.

Was war das? Was sollte ihr dieser Blick? Er liebte doch Genoveva, sie hatte doch mit eigenen Augen gesehen, daß er sie küßte und ihr seine Briefe heimlich zusteckte.

»Herr von Ortlingen, ich glaube doch nicht, daß ich es Ihnen gegenüber jemals an der Höflichkeit habe fehlen lassen, die ich einem Gast unseres Hauses zu erweisen habe?«

Ein bitteres Lächeln umzuckte seinen Mund, indem er sich gleichfalls erhob.

»O nein, so war es nicht gemeint. Über Mangel an Höflichkeit habe ich nicht zu klagen. Aber diese Ihre Höflichkeit ist eisig, beinahe beleidigend. Und ich glaubte, durch irgend etwas Ihren Unwillen erregt zu haben.«

Sie krampfte hilflos die Hände zusammen. »Nein, nein, gewiß nicht. Ganz sicher lag es mir völlig fern, Sie zu kränken oder zu beleidigen.«

»Und doch suchen Sie auch jetzt wieder ängstlich nach einem Grund, möglichst schnell aus meiner Nähe zu kommen«, sagte er mit erzwungener Ruhe.

Sie glitt in ihren Sessel zurück und lächelte. Was sie dieses Lächeln kostete, wußte nur sie allein. Aber sie wollte Haltung wahren um jeden Preis.

»Ich bitte Sie, Herr von Ortlingen, sich von diesem Irrtum bekehren zu lassen. Ganz offen gestehe ich, daß ich erschrak, als Sie mich einer Unart ziehen. Wenn ich Ihnen wirklich den Eindruck erweckt habe, als sei ich gegen Sie abweisender als gegen einen andern Menschen, muß ich mich schämen, denn das ist unartig. Aber ich gebe Ihnen mein Wort, daß ich weder etwas gegen Sie habe, noch Sie kränken wollte.«

»So gestatten Sie mir, daß ich auch in Zukunft meine Besuche in Ihrem Hause fortsetze?«

Sie dachte, wie verödet ihr Kreuzberg vorkommen würde, wenn er ausbliebe, trotzdem sie doch wußte, daß er nur Vevas wegen kam. Aber das sprach sie natürlich nicht aus. Sie hob nur abwehrend die Hände.

»Oh, ich wäre untröstlich, wenn ich Sie vertreiben würde. Wie sollte ich vor Genoveva, vor Tante Stasi und meinem Vater bestehen, wenn ich das tun würde?«

Er wollte noch etwas sagen, hielt es aber zurück, weil Veva wiederkam.

Während sie nun oberflächlich plauderten, dachte Ronald: Vielleicht ist Lilian Crosshill so abweisend zu mir gewesen, um nicht den Eindruck zu erwecken, als könnte ich ihr etwas gelten. Da sie die Majoratsbestimmungen kennt, weiß sie doch, daß es zwischen uns nie eine Verbindung geben kann.

Dieser Gedanke war ihm fast wie ein Trost, zumal sich Lilian ihm gegenüber jetzt freundlicher gab.

In Lilians Herzen war aber in dieser Stunde ein seltsames Gefühl erwacht. Wenn sie an den heißen, sehnsüchtigen Blick Ronalds dachte, dann war ihr zumute, als begehe sie ein Unrecht an Veva.

Sie schauerte wie in tiefer Angst zusammen und suchte diesen Gedanken zu verscheuchen, der sich ihr schmeichelnd und verlockend ins Herz drängte.

Sie durfte nicht weiter an diesen Blick Ronalds denken. Es war ein Unrecht an Genoveva. Ronald von Ortlingen gehörte Genoveva, die sich doch seiner Liebe sicher wähnte und auf eine baldige Vereinigung mit ihm hoffte. Was war es nur, was die Vereinigung dieser beiden Menschen hinausschob? Sie meinte, es müsse ihr die Ruhe wiedergeben, wenn Veva Ronalds Gattin sein würde. Dann würde ihr Herz sich leichter ins Unabänderliche fügen, und zu dem Gatten einer anderen würde kein sehnsüchtiger Gedanke mehr hinüberschweifen.

Die Gedanken jagten wild und wirr durch ihren Kopf. Sie fühlte sich ganz elend durch den Sturm, der ihre Seele duchtobte, und mühte sich, Ronalds Blick zu vergessen. Sie schämte sich vor sich selbst, daß sie das nicht konnte.

Sie fragte sich auch immer wieder, warum es Ronald von Ortlingen so sehr gequält hatte, daß sie so kühl und formell zu ihm gewesen war. Warum genügte es ihm nicht, daß sie sich ihm gegenüber höflich und artig benahm? Wenn sie ihm gleichgültig war, so konnte ihm das doch kaum auffallen. Dies alles durchkreuzte ihr Hirn, während sie neben Veva, Ronald gegenüber, saß und ab und zu ein Wort in die Unterhaltung warf. Aber dann hielt sie es vor Unrast nicht mehr auf ihrem Platz aus. Sie sprang auf.

»Ich muß einmal nach unsern andern Gästen sehen«, stammelte sie hastig und lief aus dem Zelt.

Ronald sah ihr mit brennenden Augen nach. Veva sah diesen Blick nicht. Auch sie erhob sich nun.

»Komm, Ronald, ich muß mich auch ein wenig um die andern Herrschaften kümmern. Wir plaudern uns sonst noch hier fest«, sagte sie harmlos und unbefangen.

Ronald sprang auf und reichte ihr den Arm, um sie fortzuführen.

»Ist es nicht ein reizendes Fest, Ronald?« fragte sie lächelnd um sich schauend.

»Ja, reizend«, erwiderte er geistesabwesend, während seine Augen nach Lilian suchten.

»Ich glaube gar, du amüsierst dich nicht?«

»Doch, ganz ausgezeichnet.«

Im Vorübergehen wurden sie in einen lustigen Kreis hineingezogen und ehe sie sich's versahen, waren sie in ein heiteres Spiel verwickelt. Ronald sah, daß Lilian sich ebenfalls an diesem Spiel beteiligte. Lothar von Kreuzberg war an ihrer Seite, und sie lachte über seine Scherze.

Da kam eine forcierte Lustigkeit über ihn, und er war einer der Übermütigsten. Sein Lachen mischte sich mit dem Lilians. Da sahen sie sich beide einen Moment wie erschrocken an, denn ihr Lachen klang nicht echt. Scheu flohen ihre Blicke jedoch sofort wieder voreinander. Und sie vermieden es, sich anzusehen.

Das Fest blieb vom herrlichen Wetter begünstigt. Als die Dunkelheit einbrach, wurden Hunderte von farbigen Lampions angezündet, und auch das ganze Schloß strahlte im Lichterglanz.

Plaudernde Gruppen hatten sich überall gebildet. Man promenierte auf den gutgepflegten Parkwegen. Das Souper war soeben beendet worden, und nun sollte das Feuerwerk abgebrannt werden. Ronald hatte sich unbemerkt aus dem fröhlichen Treiben geschlichen und ein stilles Plätzchen im Park aufgesucht, wo ihn niemand störte.

Zu gleicher Zeit hatte Lothar von Kreuzberg den Entschluß gefaßt, jetzt endlich sein Vorhaben auszuführen und um Lilian Crosshill zu werben. Sie war bei Tisch so reizend und liebenswürdig zu ihm gewesen, und der feurige Wein hatte vollends alles Zagen aus seinem Herzen vertrieben.

»Jetzt oder nie«, sagte er sich, als er Lilian nach der Tafel ins Freie führte.

»Wir müssen hinüber zu den dunklen Parkwegen gehen, mein gnädiges Fräulein, damit wir einen vollen Blick auf die ganze Illumination haben«, sagte er zu Lilian.

So kamen sie langsam die Serpentinen herab, wo kurz zuvor Ronald gegangen war. Sie konnten diesen nicht sitzen sehen, da sein Platz noch tiefer im Dunkeln lag. Ronald schrak aus seinem Brüten empor, als er jetzt dicht über sich Lothars Stimme vernahm.

»So, mein gnädiges Fräulein, hier auf dieser Bank können Sie rasten und haben das ganze Bild vor sich. Ein entzückender Anblick, nicht wahr?«

Darauf antwortete eine weibliche Stimme, die er sofort

als die Lilians erkannte:

»Ja, es sieht wunderhübsch aus. Und so still und friedlich ist es hier. Alle laufen schon nach dem Feuerwerksplatz hinüber. Aber ein Viertelstündchen vergeht wohl noch, bis es beginnt. So lange können wir uns hier ein wenig ausruhen, Herr von Kreuzberg.«

Ronalds Augen suchten die weiße, schlanke Gestalt. Er konnte gerade durch das Gebüsch die Bank sehen, die schräg über der seinen auf dem höheren Weg stand, und vermochte jede Bewegung der beiden Menschen zu beobachten.

Ihm war zumute, als müsse er aufspringen und zwischen sie treten. Aber er krampfte die Hände um die Lehne der Bank und blieb sitzen. Daß er hier zum Lauscher werden konnte, daran dachte er nicht, er wußte nur, daß er jetzt nicht fähig war, von seinem Platz zu gehen. Ihm war, als könne er etwas, was ihm drohte, verhindern und abwenden, wenn er blieb.

So hörte er jedes Wort, was da oben gesprochen wurde, und sah jede Bewegung.

Der junge Offizier schwieg eine Weile auf Lilians Worte. Im Grunde seines Herzes fühlte er ein Zagen, daß er jetzt am liebsten davongelaufen wäre. Aber er hatte sich gewissermaßen selbst das Wort gegeben, die günstige Gelegenheit nicht unbenützt vorübergehen zu lassen. Allen Mut zusammennehmend, ging er nun mit Todesverachtung auf sein Ziel los, ohne weitere Überlegung.

»Mein gnädiges Fräulin, ich danke dem Schicksal, daß es mir einige Minuten des Alleinseins mit Ihnen gestattet«, sagte er.

»Ach, warum so feierlich, Herr von Kreuzberg? Wollen Sie nicht Platz nehmen?«

»Nein, nein, ich danke Ihnen, bitte lassen Sie mich Ihnen stehend sagen, was ich auf dem Herzen habe. Mein gnädiges Fräulein, ich ringe schon lange mit dem Entschluß, Ihnen zu sagen, daß Sie mich zum Glücklichsten der Sterblichen machen würden, wenn Sie mir Ihre Hand zum Bund fürs Leben reichen wollten.«

So, nun war es heraus, Lothar atmete auf, als habe er eine schwere Arbeit hinter sich.

Ronald aber, der jedes Wort gehört hatte, biß wie im Krampf die Zähne zusammen und sah mit starren Augen zu Lilian empor. Mit angehaltenem Atem lauschte er, um ihre Antwort zu verstehen.

Eine Weile zögerte Lilian, ehe sie sprach, und dann klang ihre Stimme müde und traurig: »Lieber Herr von Kreuzberg, daß Sie mir das nicht erspart haben! So fest war ich davon überzeugt, in Ihnen einen lieben, guten Freund gefunden zu haben, und nun enttäuschen Sie mich so sehr. Das tut mir sehr leid.«

»Aber mein verehrtes, gnädiges Fräulein!« stieß Lothar unsicher hervor.

Sie hob hastig die Hand. «Nein, nein, um Gottes willen, sagen Sie mir nur nicht, daß Sie mich lieben. Wenn Sie wüßten, wie viele das schon vorgegeben haben. Und sie meinten doch fast alle nur meinen Reichtum. Auch Sie denken zuletzt an meine Person, Sie lieben mich so wenig, wie ich Sie liebe.«

Lothar gab sich einen Ruck und atmete tief auf. »Auf Ehre, mein gnädiges Fräulein, ich habe Sie vom ersten Augenblick an grenzenlos verehrt und bewundert. Ich weiß wohl, daß Sie hoch über mir stehen in jeder Beziehung, aber Sie waren immer so freundlich und gütig zu mir. Und da habe ich mir gedacht: Warum soll ein armer Schlucker wie du nicht auch mal das Große Los gewinnen? Und da habe ich mir Mut gemacht und habe es gewagt, die Hand nach Ihnen auszustrecken. Leicht ist es mir wahrlich nicht geworden. Aber ich dachte, am Ende hast du doch Glück, es scheint aber nicht so.«

Das alles stieß Lothar in komischer Zerknirschung hervor.

Lilian mußte wider Willen lachen. »Aber lieber Herr von Kreuzberg, es wäre ja kein Glück für Sie, wenn ich Ihre Frau würde«, sagte sie, wie man einem Kind zuredet.

Lothar seufzte. »Das können Sie wohl kaum ermessen, gnädiges Fräulein. Ich weiß ja natürlich nun schon, daß ich einen regelrechten Korb bekomme. Im Grunde habe ich es mir gleich denken können. Vielleicht haben Sie auch recht, glücklich wäre ich an Ihrer Seite vielleicht nicht geworden, weil es für einen Mann nicht gerade ein erhebendes Gefühlt ist, von seiner Frau abhängig zu sein. Aber, nun ja, ich bin ein armer Schlucker und stellte es mir himmlisch vor, einmal aller Sorge ledig zu sein.«

Lilian war ernst geworden. »Glauben Sie doch nicht, daß man aller Sorgen ledig ist, wenn man reich ist. Ich wüßte viele Dinge, um die ich all meinen Reichtum ohne Bedenken hingeben würde«, sagte sie seufzend.

Er schüttelte den Kopf. »Das sagen Sie so, weil Sie die Armut nicht kennen, mein gnädiges Fräulein. Glauben Sie mir, es gibt kein größeres Elend als die Armut. Sie demoralisiert den Menschen. Das sehen Sie an mir. Ich bin sonst weiß Gott ein leidlich anständiger Mensch, aber meine pekuniären Sorgen brachten mich auf den

Gedanken, um Sie anzuhalten.«

»Sie bleiben wenigstens ehrlich und lügen mir nicht Gefühle vor, die Sie nicht empfinden. Das freut mich, weil ich Ihnen nun trotzdem nach wie vor freundschaftlich begegnen darf und Ihnen meine Hochachtung nicht zu versagen brauche. Nicht wahr, wir wollen beide diese Torheit vergessen und gar nicht mehr davon sprechen?«

Lothar nahm ihre Hand und führte sie an seine Lippen. »Ich wollte, ich könnte Ihnen beweisen, wie gern ich mir Ihre Freundschaft erhalten möchte.«

»Soll ich Ihre Freundschaft gleich einmal auf die Probe stellen?« fragte sie zögernd.

»Bitte, tun Sie es«, forderte er hastig.

Sie zögerte wieder eine Weile, dann sagte sie entschlossen: »Sie könnten mir einen großen Dienst leisten, Herr von Kreuzberg. Ohne arrogant zu sein, sehe ich voraus, daß sich mir mehrere Ihrer Kameraden mit dem gleichen Wunsch nahen möchten wie Sie. Es ist mir eine Qual, Körbe austeilen zu müssen. Tagelang bin ich dann in trüber Stimmung, und außerdem macht man sich dadurch oft recht sympathische Menschen zu Feinden. Sie würden mir also einen großen Dienst erweisen, wenn Sie Ihren Kameraden begreiflich machen würden, daß sie sich vergeblich bemühen. Ich werde nie meine Hand ohne mein Herz verschenken.«

»Und so hat also auch keiner meiner Kameraden Gnade vor Ihren Augen gefunden?«

Sie zögerte wieder eine Weile, aber dann sagte sie rasch: »Nein, so angenehme Menschen es auch fast durchweg sind, keiner von ihnen wird mir näherstehen, denn mein Herz ist nicht mehr frei, ich habe es bereits verschenkt, ehe ich nach Kreuzberg kam.«

Eine tiefe Stille folgte diesen rasch hervorgestoßenen Worten.

Ronald hatte sie, wie alles andere, deutlich vernommen. Erst war er wie von einem furchtbaren Druck befreit gewesen, als Lilian den jungen Offizier abwies. Nun trafen ihn die letzten Worte wie ein vernichtender Schlag. Er ließ den Kopf auf die Hände sinken und fühlte einen raschen Schmerz, als sei ihm in dieser Minute etwas Unwiederbringliches, Teures verloren gegangen. Trotzdem er nicht an eine Verbindung mit Lilian Crosshill hatte denken können, trotzdem er sich bis zu dieser Stunde immer noch selbst seine Liebe zu ihr geleugnet hatte, jetzt traf es ihn hart und vernichtend, daß sie einen andern liebte.

Zwischen Lothar und Lilian herrschte eine Weile tiefes Schweigen. Lothar atmete endlich tief auf und sagte warm und herzlich: »Sie wissen gar nicht, wie hoch Sie mich geehrt haben durch Ihr Vertrauen, Miß Lilian. Ich will mich ernstlich bemühen, es zu verdienen, und werde alles tun, was ich kann, um Sie vor ähnlichen Belästigungen zu schützen, wie ich sie Ihnen eben selbst bereitet habe. Sie sind sehr großherzig, daß Sie mir trotzdem Ihre Freundschaft icht entziehen wollen.«

Lothar verneigte sich und bot ihr seinen Arm. Langsam gingen sie davon.

Ronald starrte ihnen mit brennenden Augen nach. Die beiden schlanken Gestalten hoben sich in scharfen Umrissen gegen die Lichtfülle von drüben ab. Und als sie eben ins Helle traten, erloschen die großen Bogenlampen vor dem Schloß, und das Feuerwerk begann.

Ronald blieb reglos sitzen in seiner Einsamkeit. Ein Schmerz ohnegleichen erfüllte sein Herz. Er hörte noch immer Lilians Worte: »Mein Herz ist nicht mehr frei, ich habe es bereits verschenkt, ehe ich nach Kreuzberg kam.«

Wer mochte der Glückliche sein, der von ihr geliebt wurde? Es mußte ein Mann sein, der ihr früher begegnet war. Vielleicht war es ein Amerikaner, der sie eines Tages nach Amerika zurückholen würde.

Langsam und müde erhob er sich endlich, als da drüben das leuchtende prasselnde Feuerwerk zu Ende ging. Am liebsten hätte er sich heimlich fortgestohlen und wäre nach Hause gefahren. Aber das ging nicht an. Ohne Abschied konnte er nicht gehen, und wenn er sich verabschiedete, würde man ihn mit Fragen quälen und ihn zurückhalten wollen.

So ging er langsam zur Gesellschaft zurück. Man saß noch auf dem weiten Platz, auf dem das Feuerwerk abgebrannt wurde. Die letzten Feuergarben flammten empor.

Ronalds Augen suchten nach Lilian. Er sah sie neben ihrem Vater sitzen, und an ihrer andern Seite stand der eben abgewiesene Freier. Ein schattenhaftes, mitleidiges Lächeln huschte um seinen Mund. Wie hatte er nur einen Augenblick auf diesen harmlosen, armen Schelm eifersüchtig sein können? Das konnte er jetzt kaum noch verstehen.

Während er seine Augen auf Lilians reinem Profil ruhen ließ, mußte er wieder an seine erste Begegnung mit ihr denken. Er rief sich ihren leuchtenden, seltsamen Blick von damals ins Gedächtnis zurück. Warum hatte sie ihn damals nur so ganz anders angesehen als jemals später? Und warum hatte sie nachher oben auf dem Korridor gestanden und hatte ihn wieder so rätselhaft angesehen? Schon damals hatte ihn dieser Blick in eine seltsame Unruhe versetzt, der er nur nicht nachgeben wollte.

Mitten in seine Gedanken hinein legte sich eine leichte, weiche Hand auf seinen Arm.

»Ach hier bist du, Ronald! Ich habe dich überall gesucht. Niemand wußte, wo du geblieben warst«, sagte Veva neben ihm.

Er zeigte ihr, so schwer es ihm auch wurde, ein lächelndes Gesicht. »Ich sah mir von da drüben die Illumination an, Veva.«

»War es nicht ein herrliches Feuerwerk? Ich habe nie etwas Ähnliches gesehen.«

»Ja, es war sehr schön«, antwortete Ronald, obwohl er nichts davon gesehen hatte.

»Es kostet aber auch ein kleines Vermögen, Ronald; du ahnst nicht, wieviel schönes Geld da eben in die Luft geflogen ist.«

Er streichelte ihre Hand und mühte sich, ihr Interesse zu zeigen. »Und du kleines, zukünftiges Hausmütterchen rechnest sicher aus, was du für dieses Geld für eine Menge nützlichere Sachen hättest anschaffen können.«

Sie nickte lächelnd, und ihre Augen schimmerten feucht zu ihm auf.

Beide merkten nicht, daß sie von Lilian heimlich scharf beobachtet wurden. Sie sah Vevas Blick, sah, daß ihr Ronald zärtlich die Hand streichelte und jetzt ihren Arm fest an sich drückte. Nur was er dabei sagte, konnte sie nicht hören. Veva atmete tief auf.

»Ach Ronald, du weißt ja, daß meine Zukunft ein großes schwieriges Rechenexempel ist.«

Er neigte sich freundlich und warm lächelnd zu ihr

herab. »Sei nur unverzagt wie bisher, liebe kleine Veva. Es wird noch alles gut werden. Nicht lange soll es noch dauern, bis du eine glückselige, junge Frau sein wirst.«

Lilian war durch den Aufbruch der Gesellschaft dicht neben die beiden gedrängt worden und hörte diese Worte Ronalds, die sehr weich und zärtlich tröstend klangen. Sie beeilte sich, aus der Nähe der beiden zu kommen.

Die Gesellschaft strömte nun hinein in den großen Festsaal, in dem jetzt getanzt werden sollte.

Sogleich begann die Musik zum Tanze aufzuspielen. Lilian wurde natürlich von allen Seiten um einen Tanz bestürmt und flog aus einem Arm in den andern.

Endlich trat auch Ronald zu ihr und bat sie um einen Walzer. Sie konnte ihn ihm nicht weigern und legte ihre Hand auf seinen Arm, sich bemühend, recht freundlich zu sein.

Dabei entging ihr nicht, daß er sehr blaß aussah und daß seine Augen seltsam düster und schmerzlich an ihrem Antlitz hingen. Sie wußte nicht mehr, was sie denken sollte, und war sich nur bewußt, daß sie sich im Herzen viel zuviel mit ihm beschäftigte und dies ein Unrecht gegen Genoveva war.

Aber während sie, von seinem Arm umschlungen, dahinschwebte, war ihr, als fühle sie den lauten, raschen Schlag seines Herzens. Sie folgte ihm wie im Traum und war kaum Herr ihrer Bewegungen. Und als der Tanz zu Ende war, schraken sie beide empor, wie aus einem Traum erwachend. Ein Seufzer, der einem leisen Stöhnen glich, stahl sich über Ronalds Lippen, und Lilian erblaßte jäh, als sie diesen Seufzer vernahm, und wankte einen Augenblick, als hätte sie den Boden unter den Füßen verloren.

Er stützte sie rasch, aber sie machte sich sogleich frei und lächelte.

»Mir war vom Tanzen schwindlig geworden«, sagte sie.

Aber sie hörte ihre eigene Stimme wie aus weiter Ferne.

Auch dies Fest nahm ein Ende, und alle Teilnehmer fanden, daß es glänzend gelungen war.

Wochen waren vergangen. Das Regiment war aus dem Manöver zurückgekehrt. Lothar von Kreuzberg hatte sich nicht über schlechte Quartiere zu beklagen gehabt. Aber in einem hatte er sein Herz verloren. Die reizende junge Tochter eines wohlhabenden Gutsbesitzers hatte einen tiefen Eindruck auf ihn gemacht und schien auch an ihm sehr großes Wohlgefallen zu finden. Auch die Eltern der jungen Dame waren sehr liebenswürdig zu ihm gewesen und hatten ihn zur Jagd eingeladen. Hansi von Arnstädt, so hieß die junge Dame, hatte diese Einladung ihrer Eltern mit einem bittenden Blick in Lothars Augen unterstützt, und er hatte nur zu gern zugesagt. Außerdem hatte ihm Hansi erzählt, daß die Tochter seines Obersten ihre Pensionsfreundin sei und sie diesen Winter einige Wochen bei ihr verbringen werde.

Nun war Lothar mit einem Gefühl des Glücks zurückgekehrt. Als er am ersten Morgen wieder in seinem nüchternen Schlafzimmer erwachte, sah er sich erstaunt um. Er hatte gerade so schön von Hansi von Arnstädt geträumt.

Schnell kleidete er sich mit Hilfe seines Burschen an und setzte sich zum Frühstück, das dieser ihm bereitet hatte. Den dienstfreien Vormittag wollte er zu einem Besuch in Kreuzberg benutzen.

Neben seinem Teller lag ein graues Geschäftskuvert. Lothar machte ein saures Gesicht. Natürlich, ein Willkommen von meinem Gläubiger. Das mußte ja kommen. Ich wundere mich schon, daß mir der gute Mann so lange Zeit gelassen hat. Damit kann man sich doch wahrhaftig gleich den ganzen Tag verderben, dachte er.

Er wog den Brief in der Hand. »Und so umfangreich, brrr, wenn ich doch bloß diese verwünschten grauen Kuverts nicht mehr sehen müßte. Ach Hansi, wenn du wüßtest, du würdest Mitleid mit mir haben.«

Seufzend schnitt er das Kuvert auf. »Na also, denn raus mit der Maus. Was will denn der gute Mann? Geld natürlich.«

Erstaunt zog er erst ein Paket bezahlter Rechnungen heraus.

»Die sind ja alle quittiert? Ach so, jetzt entsinne ich mich, natürlich, ich habe es ja jetzt nur noch mit einem Gläubiger zu tun. Er hat ja die andern Rechnungen bezahlt. Na, die kleinen Leute werden ihre Freude gehabt haben.«

Aber als er weiterblätterte, stutzte er plötzlich. Da lag ja auch der Schuldschein, den er seinem Gläubiger ausgestellt hatte.

Das ist natürlich ein Irrtum, dachte er, und zog nun erst einen Brief aus dem Kuvert.

»Sehr geehrter gnädiger Herr! Im Auftrage Ihres Fräulein Tante, der Freiin Anastasia von Kreuzberg-Breitenbach, die mir den Auftrag dazu gegeben, habe ich alle Ihre Rechnungen bezahlt und zugleich Ihr Konto bei mir beglichen. Ihr Fräulein Tante hatte mir den Befehl erteilt, die ganze Angelegenheit zu ordnen, ohne Ihnen vorher etwas zu verraten. Nun bleibt aber, nachdem ich alles beglichen und meine Spesen verrechnet habe, noch ein Rest übrig. Ich denke, es wird Ihnen angenehm sein, wenn ich diese Summe nicht an das gnädige Fräulein zurückschicke, sondern Ihnen überweise. Dies Geld folgt per Postanweisung. Genaue Abrechnung liegt bei, ebenso das kurze Begleitschreiben, welches mir das gnädige Fräulein mit dem Geld zusandte. Ich hoffe, alles zu Ihrer Zufriedenheit geregelt zu haben, und zu ferneren Diensten gern bereit, empfehle ich mich Ihnen

hochachtungsvoll

Heinrich Salzmann.«

Aufgeregt las er das Schreiben nochmals durch. Und dann suchte er nach dem Schreiben Tante Stasis an Heinrich Salzmann. Er fand es aber trotz eifrigen Suchens nicht. Schließlich, als er schon ganz nervös war, entdeckte er auf dem Fußboden eine Visitenkarte. Er erkannte gleich das große Format, das Tante Stasi liebte. Wirklich war es ihr Name, den er las. Und auf der Rückseite stand:

»Bitte, bezahlen Sie mit dem Ihnen heute zugehenden Betrag alle Schulden meines Neffen, des Freiherrn Lothar von Kreuzberg-Breitenbach, und senden Sie ihm dann alle Quittungen und Belege zu.   D. U.«

Lothar sah fassungslos darauf nieder. Tante Stasi hatte ihn flott gemacht, das konnte er nicht begreifen.

Er saß ganz zerknirscht und sein Kaffee wurde kalt, weil er das Frühstück vergaß. Zu freuen wagte er sich nicht, als der Geldbriefträger kam und seine Hand füllte.

Wenn das Geld wirklich mir gehörte, schlüge ich jetzt vor Wonne einen Purzelbaum, dachte er.

Aber er war fest entschlossen, es Tante Stasi zurückzugeben. Er steckte die Scheine zu sich, ließ sich sein Pferd satteln und ritt nach Kreuzberg hinaus.

Hier wurde er freudig begrüßt. Mr. Crosshill schüttelte ihm die Hand und sagte lächelnd:

»Gott sei Dank, daß Sie wieder hier sind, Herr von Kreuzberg. Wir alle haben Ihre frohe Laune sehr vermißt. Es war recht still bei uns während Ihrer Abwesenheit.«

Auch Lilian begrüßte ihn in herzlicher Weise und sprach ihre Freude aus, ihn wiederzusehen. Tante Stasi und Veva begrüßten ihn wie immer. Lothar war aber auffallend unruhig, und ohne Umschweife sagte er nach einer Weile:

»Liebe Tante Stasi, ich möchte gern einige Worte mit dir unter vier Augen reden.«

John Crosshill und seine Tochter wechselten einen raschen, verstohlenen Seitenblick und konnten ein Lächeln nicht unterdrücken. Tante Stasi aber sah den jungen Mann erstaunt und ein wenig besorgt an.

»So feierlich, mein Junge, hast du mir etwas zu beichten?«

Er preßte ihre Hand schnell an seine Lippen. »Du wirst es schon wissen, Tante Stasi.«

»Keine Ahnung. Aber komm mit auf mein Zimmer.«

Wieder tauschten Vater und Tochter ein Lächeln.

Kaum war Lothar mit der alten Dame allein, da umarmte und küßte er sie plötzlich mit stürmischer Zärtlichkeit.

»Tante Stasi, liebe gute Tante Stasi!« Verwundert sah

sie ihn an. »Was hast du nur, Lothar? Entweder bist du verliebt oder du hast Dummheiten gemacht.«

Er schüttelte den Kopf. »Verstell dich nur nicht«, sagte er und zog seine Brieftasche hervor. Er entnahm ihr eine Anzahl von Banknoten und legte sie auf den Tisch.

»Das ist übriggeblieben. Wenn du nur wüßtest, wie du mich beschämt hast. Ich könnte losheulen wie ein Schuljunge.«

Tante Stasi sah ihn kopfschüttelnd an. »Wenn du chinesisch mit mir sprächest, könnte ich dich auch nicht weniger verstehen. Was willst du nur? Von was für Geldbeträgen sprichst du denn?«

»Wie du dich verstellen kannst, Tante Stasi. Es hilft dir aber nichts. Ich habe ja deine Karte an Salzmann.«

Die alte Dame sank in einen Sessel und faßte sich an den Kopf.

»Entweder bist du von Sinnen oder ich, mein Junge. Was willst du nur mit Salzmann? Wer ist denn Salzmann?«

Lothar stutzte nun doch. Tante Stasis Erstaunen war zu echt. Er nahm die Visitenkarte der alten Dame aus seiner Brieftasche und legte sie vor sich hin.

»Wenn du heimlich meine Wohltäterin sein wolltest, dann hättest du Salzmann besser instruieren müssen. Er hat mir alles verraten. Und hier ist deine Karte, auf der du ihm das Geld ankündigst. Kannst auch gleich Salzmanns Brief mitlesen.«

Er legte auch den Brief auf den Tisch.

Tante Stasi setzte hastig ihre Brille auf und las zuerst den Brief von Heinrich Salzmann. Kopfschüttelnd legte sie ihn zusammen, als sie zu Ende war.

»Also auf mein Wort, Lothar, ich habe keine Ahnung

von alledem. Das Geld ist nicht von mir. Was denkst du denn, ich bin doch nicht in der Lage, soviel zu verschenken. Das muß ein Irrtum sein«, sagte sie bestimmt.

Lothar wurde ganz blaß und sah sie erschrocken an.

»Aber deine Karte, Tante Stasi, da liegt doch deine Karte.«

Er faßte nach der Karte und sah sie an, als müßte er sich überzeugen. Und plötzlich stutzte er.

»Mein Gott, nein, das ist doch gar nicht deine Handschrift, das sehe ich jetzt erst.«

Sie nahm die Karte aus der Hand, und als sie die Schrift auf der Rückseite erblickte, richtete sie sich plötzlich straff auf und sah darauf nieder, als traue sie ihren Augen nicht. Ihr Gesicht überzog sich plötzlich mit dunkler Röte. Diese Schrift kannte sie allerdings.

Plötzlich sprang sie auf und umfaßte lachend und weinend den jungen Offizier. »Mein guter Junge, jetzt weiß ich ganz genau Bescheid, aber ich darf es dir nicht erklären. Das Geld ist nicht von mir, aber du darfst es ruhig annehmen. Auch den Rest stecke nur wieder ein. Es ist aber nicht nötig, daß du ihn gleich verjubelst. Halte gut haus damit und hüte dich vor neuen Schulden. Solch ein Glücksfall wiederholt sich nicht so leicht.«

Lothar sah sie konsterniert an.

»So erkläre mir doch, Tante Stasi, ist das Geld wirklich nicht von dir?«

Mit glücklichem Gesicht lachte sie ihn an. »Nein, nein, es ist nicht von mir, aber von einem edlen Menschen, der es wohl entbehren kann.«

»Aber, Tante Stasi, von einem fremden Menschen kann ich das doch noch weniger annehmen als von dir.«

»Es ist nicht von einem fremden Menschen, Lothar,

sondern von einem Verwandten, der sich wohl nicht nennen will. Frage und forsche nicht weiter und respektiere den Willen des Gebers. Er wird vielleicht eines Tages selbst den Schleier lüften.«

Lothar wußte nicht, was er tun sollte. Aber er war nicht der Mann, sich lange mit Unabänderlichem herumzuquälen. Tante Stasi lachte und schien die Sache ganz natürlich zu finden. Er gab es auf, sich länger den Kopf zu zerbrechen.

»Du meinst also wirklich, daß ich es ohne Skrupel behalten kann und daß es nicht von mir zurückgefordert wird?«

»Ja, das meine ich. Du kannst dich ruhig darüber freuen. Aber eins versprich mir. Verrate keinem Menschen, daß ich weiß, wer der edle Spender ist. Wir würden ihm sonst die Freude verderben, und das darf nicht sein.«

»Ja, ja, Tante Stasi, das will ich dir versprechen.«

Sie gingen nun wieder zu den andern ins Wohnzimmer. Dort sagte Tante Stasi mit ein wenig unsicherer Stimme: »Meinem Neffen ist etwas ganz Seltsames geschehen, etwas ganz Rätselhaftes und Unerklärliches.«

»Darf man wissen, was das ist?« fragte Lilian lächelnd.

Die alte Dame sah Lothar an und blickte dann zu Vater und Tochter hinüber.

»Es hat jemand unter meinem Namen seine sämtlichen Schulden getilgt. Er kam, um mir dafür zu danken. Aber ich weiß von nichts. Wie sollte ich auch solch eine Summe hergeben können? Was tut man nun in solchem Fall, Mr. Crosshill? Sie sind doch ein erfahrener Mann, der Welt und Leben kennt und ein Urteil darüber haben kann. Raten Sie uns, was wir tun sollen.

Um Mr. Crosshills Mund zuckte ein Lächeln, aber er

zog es doch vor, weder Tante Stasi noch Lothar anzusehen. Wie nachdenklich blickte er vor sich hin und zuckte dann die Achseln.

»Was ist dabei zu tun? Wenn jemand Herrn von Kreuzbergs Schulden bezahlt hat, so wird es ihm wohl Vergnügen gemacht haben, und man muß niemand an seinem Vergnügen hindern.«

»Das ist auch meine Ansicht«, pflichtete Lilian bei, und ihre Augen funkelten schelmisch.

Lothar durchzuckte plötzlich ein Verdacht. Sollte er hier den unbekannten Wohltätern gegenüberstehen, wollte ihn vielleicht gar Miß Lilian auf diese Weise dafür entschädigen, daß sie ihn abgewiesen hatte? Das Blut schoß ihm jäh ins Gesicht. Er wollte etwas Unüberlegtes hervorstoßen. Aber da fiel ihm noch rechtzeitig ein, daß Tante Stasi behauptet hatte, den Spender zu kennen, und dieser sollte ein Verwandter sein. Und nun sagte er sich auch, daß Miß Lilian dazu viel zu feinfühlig war. Sie hätte ihm eine solche Demütigung nicht zugefügt und wußte gut genug, daß ein Mann von einer fremden jungen Dame einen solchen Dienst unmöglich annehmen kann.

Damit warf Lothar alle Bedenken von sich. Mr. Crosshill hatte schnell ein anderes Thema aufgegriffen und forderte Lothar liebenswürdig auf, zu Tisch zu bleiben. Er ließ sich nicht lange nötigen. Draußen schien die Sonne, Speise und Trank waren vortrefflich, und liebenswürdige Menschen saßen um ihn her. Dazu dachte er an die reizende Hansi von Arnstädt, Schulden drückten ihn auch nicht mehr, dafür besaß er noch eine Tasche voll Banknoten. – Lothar hätte nicht er selbst sein müssen, wenn ihn das alles nicht in die froheste Stimmung versetzt hätte.

Seine Exzellenz, der General Benno von Kreuzberg, hatte auf den Brief seines Sohnes geantwortet:

»Mein lieber Lothar! Diese Geschichte scheint mir doch sehr rätselhaft. Da ich ohnedies einmal nach Dir sehen und Tante Stasi und Veva einen Besuch machen wollte, habe ich mich entschlossen, übermorgen nach Kreuzberg zu kommen. Erwarte mich mit dem Elfuhrzug, und wenn es angeht, melde mich in Kreuzberg an. Wir fahren dann gleich hinaus. Alles weitere mündlich. Mit herzlichem Gruß

Dein Vater.«

Lothar telephonierte vom Kasino aus Tante Stasi an und meldete ihr die Ankunft seines Vaters.

Die alte Dame sprach ihre Freude aus und sagte ihm, daß sie sofort Mr. Crosshill benachrichtigen würde. Das tat sie dann auch. Mr. Crosshill bestimmte liebenswürdig, daß zur rechten Zeit ein Wagen nach dem Bahnhof geschickt würde.

»Selbstverständlich nimmt Seine Exzellenz für die Dauer seines Aufenthaltes Wohnung in Kreuzberg«, sagte er.

»Ist das so selbstverständlich, Mr. Crosshill? Eigentlich ist es unerhört großmütig von Ihnen, daß Sie all meinen Gästen so freundlich Aufnahme gewähren.«

»Aber Tante Stasi, Sie zweifeln doch hoffentlich nicht an unserer Gastfreundschaft? Ihre Gäste sind doch auch die unsern«, sagte Lilian herzlich.

»Ach, ich habe es mir schon ganz und gar abgewöhnt, mich über Ihre und Ihres Herrn Vaters Güte und Großherzigkeit zu wundern. Aber lassen Sie sich wenigstens meinen Dank gefallen.«

»Ich nicht, Tante Stasi, da ergreife ich lieber die Flucht«, rief Lilian und verließ schnell das Zimmer.

Sie ging hinauf in ihr Turmgemach, in dem sie jetzt, da der Aufenthalt im Freien, des Wetters wegen, eingeschränkt werden mußte, mehr denn je verweilte.

Oft saß sie hier oben bis in die Nacht hinein, ganz allein, wenn schon alles schlief. Dann flogen ihre Augen ins Dunkel der Nacht hinaus, nach Ortlingen hinüber.

Als Ronald von Ortlingen das letztemal in Kreuzberg war, hatte er nur Veva und Tante Stasi angetroffen. John Crosshill hatte mit seiner Tochter eine Spazierfahrt unternommen. Und als sie nach Hause kamen, hatte Veva ihnen mitgeteilt, daß Ronald von Ortlingen auf einige Monate verreisen würde. Er gedenke in den nächsten Tagen noch einmal zu kommen, um Abschied zu nehmen.

Lilians Herz erzitterte bei dem Gedanken, ihn so lange nicht sehen zu dürfen. Sie dachte, wie schmerzlich auch Veva die Trennung sein würde. Sie war an diesem Tage besonders lieb und gut zu Veva, trotzdem sie selbst unbeschreiblich litt.

Tante Stasi und John Crosshill hatten in all der Zeit heimlich sowohl Ronald von Ortlingen als auch Lilian beobachtet. Ich werde bald meine Maske abwerfen müssen, dachte John Crosshill.

Und als er hörte, daß Ronald für Monate hinaus auf Reisen gehen wollte, wurde er sehr nachdenklich.

Lilian hatte lange Zeit am Harmonium gesessen und zuweilen verträumt einige Läufe gespielt, als Veva anklopfte und eintrat.

»Bringen Sie mir etwas, Genoveva?«

»Nichts Besonderes, Lilian. Ich wollte nur fragen in Tantes Auftrag, welche Zimmer Onkel Benno angewiesen werden sollen, falls er nicht gleich morgen wieder abreist.«

»Aber das soll doch Tante Stasi nach eigenem Ermessen bestimmen.«

»Ach, Lilian, Tante ist natürlich in diesem Falle sehr unsicher. Ihr Herr Vater bietet Onkel Benno großmütige Gastfreundschaft.«

Lilian zwang sich zu einem Scherz. »Mein Vater wird das wohl aus Egoismus getan haben, liebe Genoveva. Es ist eine hohe Ehre für ihn, den Präses der freiherrlich Kreuzbergschen Familie als Gast zu beherbergen. Und Tante Stasi soll nur unsere schönsten Gastzimmer für ihn bereitmachen lassen, damit er würdig untergebracht wird.«

»Ach, Lilian, Sie machen sich lustig über unsere deutsche Titelsucht und unsern Ahnenstolz.«

»Nein, Genoveva, ich würde es wundervoll finden, einen Onkel zu haben, der Exzellenz und Freiherr ist.«

»Sie sind ein Schelm, Lilian.«

Mit einer liebevollen Gebärde legte Lilian ihren Arm um Vevas Schulter. »Freuen Sie sich denn nicht auf den Besuch Ihres Onkels? Mir wollte scheinen, als seien Sie nicht recht froh, Genoveva.«

Diese errötete jäh. »Das ist wohl ein Irrtum. Ich freue mich sehr auf Onkel Bennos Besuch. Er ist ein lieber, alter Herr, nur ein bißchen ernst und streng«, sagte sie hastig und ablenkend.

»Und diese ernste, strenge Exzellenz hat solch einen Ausbund von Übermut zum Sohn, wie Ihren Vetter Lothar?«

»Oh, Onkel Benno soll in seiner Jugend auch sehr lustig gewesen sein. Jetzt hat er zuviel Sorgen. Seine verstorbene Gattin war jahrelang schwer krank. Außerdem sind drei Söhne da, und Vermögen besitzt Onkel Benno nicht. Da vergeht solch einem alten Herrn wohl der Übermut.«

»Ja, ja. Aber gottlob besitzt ihn sein Sohn noch. Und an den wollen wir uns halten, nun er aus dem Manöver zurück ist. Ich möchte wieder einmal lachen, so recht aus vollem Herzen lachen. Mir ist, als hätte ich das seit einer Ewigkeit nicht mehr getan.«

Es lag wie eine leidenschaftliche Klage in ihren Worten. Sie hatte einen Moment die Selbstbeherrschung verloren.

Veva sah sie erschrocken und teilnehmend an. »Sie sorgen sich mehr denn je um Ihren Herrn Vater, nicht wahr? Deshalb können Sie nicht fröhlich sein. Ich merke es schon lange, daß Sie sehr bedrückt sind.«

Wie im jähen Schrecken sah Lilian in Vevas Gesicht.

»Finden Sie, daß Papa jetzt mehr als sonst zur Sorge Anlaß gibt?« Veva zögerte.

»Sagen Sie es mir, Genoveva, ich merke es selbst nicht so sehr wie andere Menschen. Sie müssen mir die Wahrheit sagen. Finden Sie ihn leidender als sonst?«

Lilian wurde sich mit Schrecken bewußt, daß sie ihre eigenen trüben Gedanken in letzter Zeit zu viel in Anspruch genommen hatten und daß sie weniger als sonst auf den Vater geachtet hatte.

Vevas Gesicht war sehr ernst geworden. Sie sah Lilian mit ihren lieben, sanften Augen offen an.

»Mr. Crosshill erscheint mir bleicher und müder als früher. Er ist so leicht abgespannt, und Tante Stasi sagte mir, seine Anfälle kämen jetzt viel häufiger. Aber das liegt wohl daran, daß er jetzt nicht mehr soviel im Freien sein kann. Darunter leiden die meisten Kranken.«

Lilian preßte die Lippen aufeinander. Sie machte sich heftige Vorwürfe, daß sie sich, im Bestreben, dem Vater ihren eigenen Seelenzustand zu verbergen, nicht soviel wie sonst um ihn gekümmert hatte.

»Ich muß gleich zu Papa hinuntergehen, Genoveva. Ihre Worte ängstigen mich.«

»Oh, dann wollte ich, ich hätte geschwiegen.«

»Nein, nein, ich danke Ihnen – Sie sollen mir darüber immer offen Ihre Meinung sagen. Ach, Genoveva, wenn mir nur der Himmel meinen Vater läßt, ich will ja nichts weiter vom Leben.«

Die letzten Worte brachen wie ein Schluchzen aus ihrer Brust. Sie warf sich auf den Diwan und barg das Antlitz in den Händen. Ihre ganze Herzensnot drängte sich in diesem Aufschluchzen zusammen.

General von Kreuzberg-Breitenbach war mit seinem Sohn Lothar in Kreuzberg eingetroffen. Er wurde sehr liebenswürdig empfangen.

Lothar hatte unterwegs bereits seine »Standpauke« erhalten, aber nun war der Vater schon wieder mit ihm versöhnt. Da ihm Lothar gesagt hatte, daß er mit Tante Stasi in John Crosshills und seiner Tochter Gegenwart von der Schuldenregulierung gesprochen hatte, brauchte er sich keine Reserve aufzuerlegen und konnte in ihrer Anwesenheit mit Tante Stasi darüber sprechen.

»Ich bin hauptsächlich gekommen, liebe Stasi, um mit dir über die rätselhafte Angelegenheit zu konferieren. Da das Geld unter deinem Namen eingezahlt wurde, mußt du doch irgendwie dazu in Beziehung stehen. Ich muß selbstverständlich die Sache untersuchen. Das kann man doch nicht so ohne weiteres gehen lassen. Willst du mir nicht sagen, was deine Ansicht darüber ist?«

Tante Stasi merkte, wie ihr unter des Generals forschendem Blick das Blut ins Gesicht stieg. Sie konnte und wollte nicht enthüllen, was ihr die Schrift auf ihrer Visitenkarte verraten hatte.

»Ich kann dir gar nichts sagen, lieber Benno. Das beste würde wohl sein, du suchtest diesen Herrn Salzmann auf und befragtest ihn über die näheren Umstände.«

»Ja, das habe ich mir vorbehalten. Ich wollte nur erst hier alles Nähere hören, von dir und Lothar.«

Mr. Crosshill und seine Tochter wollten sich diskret zurückziehen. In demselben Moment wurde Ronald von Ortlingen gemeldet. Tante Stasi begrüßte diese Ablenkung mit Freuden.

»Wir können ja später darüber sprechen, wenn wir allein sind, Benno«, sagte sie aufatmend.

Auch John Crosshill und seine Tochter schienen froh zu sein, daß dies Gespräch abgebrochen wurde, und als Ronald eintrat, begrüßte ihn John Crosshill mit großer Herzlichkeit.

»Ich komme, um mich von Ihnen und den Damen zu verabschieden, Mr. Crosshill. Morgen früh gedenke ich abzureisen«, sagte Ronald, sich zu einem gleichgültigen Ton zwingend, während seine Augen zu Lilian hinüberflogen.

Aber nichts in ihrem Antlitz verriet, was sie bei diesen Worten empfand. Nur ihr Vater, der sie genau kannte, merkte, daß die Ruhe wie eine Maske auf ihrem Antlitz lag. Er sah auch den schmerzlichen Blick, mit dem Ronald zu seiner Tochter hinübersah.

»Ist das wirklich Ihr unabänderlicher Entschluß, Herr von Ortlingen?« fragte er, und in seinen Augen lag wieder der nachdenkliche Ausdruck.

Ronald neigte das Haupt. »Ja, ich will mich mal ein wenig in der Welt umsehen.«

Er begrüßte nun auch die Damen und die andern beiden Herren. Der General kannte ihn schon von früher.

»Nun, jedenfalls lassen wir Sie heute aber nicht so schnell wieder fort. Wir müssen doch regelrechten Abschied feiern, wenn Sie uns so lange Zeit verlassen wollen. Sie müssen uns beim Diner Gesellschaft leisten«, fuhr Mr. Crosshill fort.

Ronald zögerte einen Augenblick. Er hatte nur kurz Abschied nehmen wollen. Wieder blickte er nach Lilian hinüber. Sie sah mit großen Augen vor sich hin, wie in eine weite Ferne, und war sehr blaß. Er konnte ihr feines, entzückendes Profil betrachten, und die dicken goldblonden Flechten. Die Gewißheit, daß er diesen Anblick nun lange Zeit, vielleicht für immer, entbehren mußte, machte ihn andern Sinnes. Einmal wollte er sich noch satt schauen an diesem süßen Anblick.

»Wenn ich nicht störe, bleibe ich gern«, sagte er schnell, sich verneigend.

»Hast du schon deine Reisevorbereitungen getroffen, Ronald?« fragte Veva. Sie trat mit ihm in eine Fensternische.

»Ja, es ist alles erledigt, Veva.«

Lächelnd faßte er ihre Hand und streichelte sie. »Und Weihnachten werde ich auf alle Fälle nach Hause kommen, Veva. Ich hatte ja ganz vergessen, daß ich Georg eingeladen hatte. Zum Glück fiel es mir heute morgen ein.«

Vevas Augen strahlten auf, und sie drückte verstohlen seine Hand schmeichelnd und dankbar an ihre Wange.

»Guter, lieber Ronald, wie froh bin ich, daß du Weihnachten heimkommst.«

Er strich ihr über das Haar.

Lilian hatte diese kleine, zärtliche Szene mit brennenden Augen beobachtet. Sie hätte es als Wohltat empfunden, wenn sie hätte weinen können. Die ungeweinten Tränen brannten ihr in den Augen. Während sich dann Lilian und Veva zurückzogen, um sich für das Diner umzukleiden, begab sich Tante Stasi mit Lothar und seinem Vater in ihr Zimmer. Mr. Crosshill blieb mit Ronald allein und ließ sich von ihm erzählen, welche Reisepläne er habe. Dabei machte John Crosshill noch immer ein sehr nachdenkliches Gesicht.

Exzellenz von Kreuzberg sagte oben zu Tante Stasi:

»Du kannst dir ja denken, Stasi, wie mich der Gedanke beunruhigt, daß ein mir fremder Mensch die Schulden meines Sohnes bezahlt hat. Kannst du mir wirklich keine Andeutung machen?«

Tante Stasi zögerte. Dann sagte sie entschlossen:

»Ich will dir auch sagen, was ich Lothar schon gesagt habe: Ich weiß, wer das Geld gegeben hat, aber ich darf es nicht verraten. Nimm an, es hätte mich jemand ins Vertrauen gezogen. Dies Vertrauen müßte ich mißbrauchen, wollte ich sprechen. Der Wohltäter deines Sohnes will nicht genannt sein und will keinen Dank. Laß dir daran vorläufig genügen. Ich gebe dir mein Wort, das Geld stammt von einem Verwandten. Das muß aber unter uns dreien bleiben. Mehr will und kann ich nicht sagen.«

»Nun gut. Dein Wort genügt mir. Um nun auf eine andere Sache zu kommen. Mr. Crosshill hat mir Wohnung in seinem Haus angeboten. Ich bleibe ja höchstens bis morgen. Meinst du, daß ich diese Gastfreundschaft annehmen darf? Eigentlich sind wir uns doch ganz fremd.«

Tante Stasi lachte. »Nimm es ruhig an, Benno. Mr. Crosshill und seine Tochter üben eine sehr großzügige Gastfreundschaft aus und finden das selbstverständlich. Du vergibst dir nichts, wenn du diese Nacht in Kreuzberg bleibst.«

Dann ging man zu Tisch. Der General hatte Lilian den Arm gereicht, Ronald führte Tante Stasi, und Lothar folgte mit Veva. John Crosshill saß am oberen Ende der Tafel und blickte still und ernst über die kleine Tafelrunde.

Während des Speisens sagte der General im Laufe der Unterhaltung zu John Crosshill: »Haben Sie sich in Deutschland gut eingelebt, Mr. Crosshill? Kommen Ihnen die Verhältnisse bei uns nicht etwas eng und kleinlich vor? Sie sind doch sicher an ein freieres, großzügigeres Leben gewöhnt.«

»In manchem Sinne wohl, Exzellenz. Aber da ich nicht mehr Geschäftsmann bin und hier in ländlicher Stille lebe, fällt es mir nicht zu sehr auf. Wir haben ja hier gewissermaßen einen kleinen Freistaat für uns.«

»Allerdings, hier mögen Sie sich fühlen wie ein kleiner Fürst in seinem Reich. Wir Deutschen sehen ja mit einigermaßen staunenden Augen nach den Freistaaten Amerikas hinüber, wo jeder tun und lassen kann, was er will, und wo man das Geld auf der Straße findet«, scherzte der General.

John Crosshill lachte. »Das ist allerdings nicht ganz der Wirklichkeit entsprechend.«

»Trotzdem zieht es viele Deutsche hinüber in das Wunderland. Heute vielleicht nicht mehr so stark, es kamen doch viele enttäuscht wieder zurück und dämpften die Auswanderergelüste. Ein Vetter von mir, Hans von Kreuzberg-Breitenbach, ist auch nach Amerika gegangen.«

Einen Moment herrschte nach diesen Worten des Generals atemlose Stille an der Tafel. Alle hatten diesen Namen gehört und für jeden hatte er eine gewisse Bedeutung. Auch Mr. Crosshill zögerte einen Augenblick, ehe er antwortete.

»Ja, ich hörte von diesem Vetter bereits durch Tante Stasi«, sagte er endlich langsam. »Ich hörte, daß ihn ein widriges Schicksal aus der Heimat trieb und daß er verschollen ist. Tante Stasi glaubt, er sei noch am Leben.«

»Das glaube ich nicht«, versicherte der General, »sonst hätte er doch wohl einmal von sich hören lassen.«

John Crosshill richtete sich straff auf. »Tante Stasi sagte mir, daß ein Makel auf seinem Namen ruhe, den er nicht hat entkräften können. Vielleicht hat ihn das veranlaßt, nichts mehr von sich hören zu lassen.«

Als er das gesagt hatte, erhob sich plötzlich Ronald von Ortlingen mit einem Ruck. Sein Gesicht war bleich, aber entschlossen.

»Ich bitte um Verzeihung, wenn ich das Gespräch unterbreche, meine verehrten Herrschaften. Aber ich hörte den Namen Hans von Kreuzbergs, und hörte Sie sagen, daß diesem Namen ein Makel anhaftet. Ich habe meiner sterbenden Mutter in die erkaltende Hand gelobt, daß ich, wo ich diesen Namen höre und wo man ihn mit einem Makel in Berührung bringt, für ihn eintreten werde mit allem, was mir zu Gebote steht.«

Der General sah ihn forschend an, während auf allen andern Gesichtern eine heimliche Spannung lag.

»Mein lieber Herr von Ortlingen, ein Zufall brachte uns auf diesen Namen. Gelegentlich unseres letzten Familientages in Berlin wurde er auch genannt, und Veva behauptete, Sie hätten den Verdacht, der sich an Hans von Kreuzbergs Namen heftet, als falsch bezeichnet, als einen Irrtum. Ich wollte Sie schon damals darüber befragen, kam aber nicht dazu. Wollen Sie nun jetzt die Güte haben, sich darüber zu äußern? Ihre Worte fallen um so schwerer ins Gewicht, als, wie Sie doch sicher wissen, Ihr verstorbener Vater selbst meinen Vetter einer schimpflichen Tat beschuldigte.«

Ronald war stehengeblieben. Die Muskeln seines Gesichts strafften sich, und seine Augen blickten groß und ernst.

»Es bedarf Ihrer Bitte nicht, Exzellenz, auch ohne sie würde ich es tun. Sie alle sollen hören, was ich zur Rechtfertigung Hans von Kreuzbergs zu sagen habe. Wahrscheinlich ist er längst nicht mehr am Leben, aber ich versprach meiner Mutter, seine Sache zu der meinigen zu machen und den Schimpf zu tilgen, den ihm mein eigner Vater zugefügt hat. Leicht wird es mir nicht, der Wahrheit die Ehre zu geben, denn ich muß damit meinen Vater anklagen. Ich bitte Sie, meine verehrten Herrschaften, mir eine Weile aufmerksam zuzuhören. Hans von Kreuzberg war mit meiner Mutter heimlich verlobt, mit Einwilligung ihrer Eltern, als sein Vater plötzlich starb und dadurch bekannt wurde, daß dieser weit über seine Verhältnisse gelebt hatte. Hans von Kreuzberg befand sich plötzlich in den schwierigsten Verhältnissen und war dadurch kein erstrebenswerter Schwiegersohn für ängstliche Eltern, die selbst mit pekuniären Schwierigkeiten zu kämpfen hatten. Er mußte seinen Abschied als Offizier nehmen und stand den neuen Verhältnissen zunächst hilflos gegenüber. Die Eltern meiner Mutter und ihre Geschwister drangen nun in sie, das Verlöbnis mit Hans von Kreuzberg zu lösen. In jener Zeit war mein Vater als Freier für meine Mutter aufgetreten, obwohl er ahnte, daß sie mit Hans von Kreuzberg heimlich versprochen war. Mein Vater liebte meine Mutter, aber noch mehr haßte er Hans von Kreuzberg, schon von Jugend auf, und beide Gefühle veranlaßten ihn, um meine Mutter zu werben. Diese wehrte sich lange gegen die Bestürmungen ihrer Familie, den reichen Freier zu bevorzugen, und schließlich sagte man ihr, daß sie unter den veränderten Verhältnissen nur eine Last und ein Hindernis für Hans von Kreuzberg sei. Kurzum, man suchte meine Mutter von ihm zu lösen mit allen Mitteln. Schließlich glaubte sie selbst, eine befreiende Tat für den Geliebten zu begehen, als sie endlich einwilligte, ihre Beziehungen zu ihm zu lösen und meines Vaters Gattin zu werden.

Mit heißen Tränen und tiefem Jammer beging sie diesen Treubruch. Aber ihr Herz blieb Eigentum des aufgegebenen Geliebten, sie hat es meinem Vater nie zuwenden können.

Hans von Kreuzberg soll wie von Sinnen gewesen sein. Als meine Mutter mit meinem Vater vor den Altar trat, hatte er in seiner Verzweiflung dazwischentreten wollen. Aber der Vater meiner Mutter und ihre Brüder

114

hatten ihn mit Gewalt zurückgehalten und fortgeführt. Als meine Mutter davon hörte, wurde sie ohnmächtig, und ohnmächtig trug sie mein Vater über die Schwelle seines Hauses.

Hans von Kreuzberg ertrotzte sich dann einige Wochen später ein letztes Wiedersehen mit meiner Mutter. Er hatte Gelegenheit gefunden, ihr ein Briefchen durch eine treue Dienerin zu übersenden, trotz der Wachsamkeit meines Vaters.

Hans von Kreuzberg weilte zu Besuch in Kreuzberg, wo er sich verabschieden wollte, da er nach Amerika auszuwandern gedachte. Meine Mutter wollte ihn nicht ohne Abschied ziehen lassen und willigte ein, ihn zu sehen. Mein Vater war zu einer Jagdgesellschaft geladen, und so war sie allein zu Hause. Ihre Zimmer lagen, wie Sie wissen, im Erdgeschoß, nach der Terrasse hinaus. Man kann von dieser direkt in ihre Zimmer eintreten. In ihrem kleinen Salon erwartete sie zur verabredeten Zeit, es war die Dunkelheit abgewartet worden, Hans von Kreuzberg. Ein verabredetes Zeichen gab ihm kund, daß sie wirklich allein war. Hans von Kreuzberg kam. Es war ein tiefschmerzliches Wiedersehen. Er war außer sich, als er vernahm, warum meine Mutter ihn aufgegeben hatte, und beschwor sie in seinem schmerzlichen Ungestüm, mit ihm nach Amerika zu fliehen. Meine Mutter hat mir gesagt, daß sie freudigen Herzens mit ihm gegangen wäre in Not und Tod, aber sie wußte, daß sie ein Kind haben würde, ehe das Jahr zu Ende ging, dessen Vater ihr Gatte war. Um des Kindes willen entsagte sie allem eigenen Glück und blieb zurück. Sie sprach dem Unglücklichen tröstend zu, bat ihn, sich zu beruhigen, obwohl sie selbst am Rand der Verzweiflung war, denn sie hatte ein Grauen vor der leidenschaftlichen Wildheit und Tyrannei meines Vaters.

Endlich hatte sie Hans von Kreuzberg leidlich beruhigt und drängte ihn, sich zu entfernen, damit sie nicht überrascht wurden. Um ihn nicht ganz ohne Trost ziehen zu lassen, übergab sie ihm zum Andenken ein Medaillon, das an goldner Halskette hing und in dem ihr Bildnis enthalten war. Das sollte ihm ein Talisman sein, er sollte es mit sich nehmen in den Kampf ums Dasein.

Sie, meine Herrschaften, entsinnen sich wohl des Medaillons, das meine Mutter auf ihrem Bild über meinem Schreibtisch um den Hals trägt, es ist dasselbe Schmuckstück, das sie dem Scheidenden gab.

Noch einmal hielten sie sich in dieser Abschiedsstunde umfangen, einen einzigen Kuß tauschend. Meine Mutter hat darüber nie Reue gefühlt, sie nahm ihrem Gatten nichts damit, denn sie hatte ihm nicht verhehlt, daß sie einen andern liebte, und er hatte sie trotzdem an sich gefesselt.

Mein Vater hatte nun an jenem Tage, von Argwohn und Unruhe getrieben, die Jagdgesellschaft sofort wieder verlassen und kehrte heimlich zurück, ohne daß meine Mutter eine Ahnung hatte. Diese wollte Hans von Kreuzberg durch den Park geleiten, damit er in der Dunkelheit nicht fehl gehe. Sie ging in ein anderes Zimmer, um sich ein Tuch zu holen.

In demselben Moment, als sie das Zimmer verlassen hatte, trat mein Vater plötzlich von der Terrasse aus hinein, wo er wohl schon eine Weile gestanden und die beiden belauscht hatte.

Hans von Kreuzberg stand dicht am Tisch, auf dem die geöffnete Schmuckkassette meiner Mutter noch stand, aus der sie das Medaillon genommen hatte. Ein Teil ihres Schmuckes lag noch achtlos daneben. Und er war eben im Begriff, das Medaillon in seiner Brusttasche zu bergen. Da faßte auch schon mein Vater mit jähem Griff seine Hand. So standen sie eine Weile und sahen sich mit feindlichen, haßerfüllten Augen an. Und wohl erst in diesem Augenblick kam meinem Vater der furchtbare Gedanke, wie er seinen Feind am besten unschädlich machen konnte.

Mit höhnischem Gesicht sah er ihn an.

›Ah, siehe da, Herr von Kreuzberg! Sie wollen wohl hier in aller Stille die Schmuckkassette meiner Frau ausrauben, um Ihre Reise ins Ausland zu finanzieren.?‹

So hörte meine Mutter ihn vom Nebenzimmer aus mit schneidender Stimme sagen.

Entsetzt eilte sie herbei und sah, wie sich die beiden Männer mit bleichen, entstellten Gesichtern gegenüberstanden. Hans von Kreuzberg sprach kein Wort zu seiner Verteidigung, er biß die Zähne wie im Krampf aufeinander und war bleich wie der Tod.

Höhnisch rief mein Vater meiner Mutter zu:

›Ich habe einen Dieb abgefangen, einen Einbrecher, Anneliese! Sieh' ihn dir einmal an. Gerade wollte er mit deinen Schmucksachen durchgehen.‹

Meine Mutter schrie auf.

›Es ist nicht wahr, nicht wahr, ich selbst. . .‹

Ehe sie enden konnte, faßte mein Vater hart und drohend ihre Hand. ›Wenn es nicht wahr wäre, welche Deutung wolltest du dann der Anwesenheit dieses Herrn um diese Stunde in deinem Salon geben, der im Begriff war, dies Medaillon in seiner Tasche zu bergen?‹

Sie wollte alles gestehen. Aber da dachte sie voll Entsetzen daran, daß sich die beiden Männer dann mit der Waffe gegenübertreten mußten. So beschloß sie zu schweigen, bis Hans von Kreuzberg in Sicherheit war. Sie rang die Hände und wußte nicht, was sie tun sollte.

Mein Vater sah Herrn von Kreuzberg an. Dieser wollte natürlich meine Mutter um keinen Preis bloßstellen und schwieg auch. Da sagte mein Vater wieder mit höhnischer Stimme:

›Sie sehen, Herr von Kreuzberg, meine Frau ist außer sich, sie kann es nicht fassen, daß Sie ein Dieb sind. Ich will aus Rücksicht auf Ihre Familie davon absehen, Sie der Polizei auszuliefern. Entfernen Sie sich sofort, das Medaillon lassen Sie wohl hier.‹

Außer sich vor Zorn, wollte sich Hans von Kreuzberg auf meinen Vater stürzen. Da warf sich meine Mutter zwischen die beiden Männer.

›Hans, um Gottes willen, Hans!‹ schrie sie in höchster Not und Qual.

Da riß sich der Unglückliche zusammen, sah meine Mutter noch einmal an mit einem Blick, der sich ihr für alle Zeiten in die Seele brannte, und sagte ihr ein leises Lebewohl. Dann ging er schnell, wie auf der Flucht vor sich selbst, aus dem Zimmer.

Meine Mutter wollte ihm nacheilen, ihm noch ein Trostwort sagen, aber mein Vater vertrat ihr den Weg. Da brach sie ohnmächtig zusammen.

Als sie wieder zu sich kam, sagte sie meinem Vater alles, was geschehen war; sie hoffte, daß Hans von Kreuzberg bereits abgereist sei, wie er sich vorgenommen hatte. Mein Vater aber gab sich den Anschein, als glaube er, meine Mutter rede im Fieber. Er wußte, daß er sie und Hans von Kreuzberg härter traf, wenn er diesen einen

Dieb nannte, als wenn er ihn vor die Pistole forderte. Außerdem wollte er wohl vermeiden, daß der Ruf seiner Gattin und somit sein guter Name getrübt würde, was bei einem Duell kaum zu vermeiden gewesen wäre.

Trotz der Bitten und des Flehens meiner Mutter ging mein Vater soweit, nach Kreuzberg zu berichten, daß er Hans von Kreuzberg bei einem Diebstahl abgefaßt und aus seinem Hause gejagt habe. Als meine Mutter darauf erklärte, sie werde selbst nach Kreuzberg fahren und dem Onkel des Verdächtigten die Wahrheit sagen, da sagte ihr mein Vater im wilden Zorn: ›Dann schieße ich ihn nieder und dich mit.‹

Hans von Kreuzberg hatte, wohl in Angst und Sorge um meine Mutter, seine Abreise um einen Tag verschoben. Sein Onkel sagte ihm, wessen ihn mein Vater beschuldigte. Hans von Kreuzberg hat sich mit keinem Wort verteidigt, um meine Mutter nicht bloßzustellen. Er reiste ab, mit Schmach bedeckt. Es gelang ihm, meiner Mutter durch die treue Dienerin noch einige Zeilen zu senden, die ihr das Versprechen von ihm brachten, er werde trotzdem den Kampf mit dem Leben aufnehmen, sie möge sich seinetwegen nicht beunruhigen. Sein einziger Trost sei, daß ihr Ruf geschont worden sei. Er werde in Amerika ein neues Leben beginnen, aber seine Liebe werde ihr ewig gehören. Sein Onkel kam dann entsetzt und außer sich nach Ortlingen und bat meinen Vater, den Namen Kreuzberg zu schonen und die unerklärliche Verfehlung seines Neffen nicht an die Öffentlichkeit zu bringen. Das versprach mein Vater, denn es genügte seiner Rache, daß Hans von Kreuzberg, vor seiner Familie mit Schimpf und Schande bedeckt, die Heimat verlassen mußte.

Meine Mutter wußte er durch furchtbare Drohungen einzuschüchtern, so daß sie es nicht wagte, der Wahrheit die Ehre zu geben. Aber sie konnte ihm nie verzeihen, daß er sich auf so unedle Art gerächt hatte.

Seit jener Stunde lehnte sie jede Gemeinschaft mit meinem Vater ab und hoffte und wünschte, daß er sich von ihr scheiden lassen möchte. Aber er gab ihr die Freiheit nicht zurück, und er hat sie namenlos gequält, aus Zorn über ihre unentwegte Zurückhaltung.

Meine Mutter hat mir das alles erst nach dem Tode meines Vaters erzählt. Sie hat nie wieder etwas von Hans von Kreuzberg gehört, aber sie hat bis zuletzt gehofft, er möge wiederkehren, damit sie den Makel von ihm nehmen könne. Sie glaubte nicht an seinen Tod.

›Wäre er tot, ich hätte es auch im Herzen gefühlt‹, sagte sie noch in ihrer letzten Stunde, als sie mir das Versprechen abnahm, für ihn einzutreten, wo und wie ich nur immer könnte.

Aber gleichviel, ob Hans von Kreuzberg noch am Leben ist oder nicht, ich bezeuge feierlichst, daß er fälschlich des Diebstahls beschuldigt ist und daß er sich in dieser ganzen Angelegenheit als Kavalier und Edelmann benommen hat.«

Aufatmend schloß Ronald von Ortlingen seine Rede und setzte sich nieder. Er hatte starr geradeaus gesehen, weil es ihn peinigte, seinen eigenen Vater anzuklagen.

Nun erhob sich Lilian, während alle andern noch reglos und schweigend saßen. Sie trat an ihres Vaters Seite und faßte seine Hand. Aus Tante Stasis Augen fielen die Tränen herab, während sie John Crosshill unverwandt anblickte.

John Crosshill hob das bleiche gespannte Gesicht, in

dem es voll Erregung zuckte, zu seiner Tochter empor, wie aus einem Traum erwachend.

»Papa, lieber Papa, darf ich Herrn von Ortlingen in deinem und meinem Namen danken?« fragte sie mit seltsam klarer und heller Stimme.

Der alte Herr vermochte nicht zu sprechen, er nickte nur mit feuchtschimmerndem Blick.

Da küßte ihn Lilian innig und trat hochaufgerichtet mit strahlenden Augen vor Ronald hin, der sie betroffen ansah. Sie reichte ihm die Hand.

»Herr von Ortlingen, ich danke Ihnen von ganzem Herzen, von ganzer Seele, daß Sie der Wahrheit die Ehre gaben und einen Schimpf tilgten von dem Namen Hans von Kreuzbergs.«

Ronald war aufgesprungen und führte ihre Hand an seine Lippen. Er fühlte, daß diese schlanke Mädchenhand zitterte in der seinen. Mit großen Augen sah er sie an.

»Mein gnädiges Fräulein, ich weiß nicht, warum Sie mir dafür danken.«

Da erhob sich John Crosshill zu seiner ganzen stattlichen Höhe.

»Lilian Crosshill hat dazu, wie Sie wohl meinen, Herr von Ortlingen, weder ein Recht noch eine Veranlassung. Aber die Freiin Lilian von Kreuzberg-Breitenbach, die Tochter Hans von Kreuzbergs, darf dieses Recht wohl für sich in Anspruch nehmen.«

Alle sprangen von ihren Plätzen empor und starrten ihn ungläubig an. Nur Tante Stasi blieb sitzen und preßte das Taschentuch an ihre weinenden Augen. Nach einer atemlosen Pause fuhr John Crosshill fort:

»Ich schließe mich meiner Tochter an, Herr von Ortlingen. Ich danke Ihnen voll Herzlichkeit. Sie haben sich nicht gescheut, Ihren Vater preiszugeben, um einem Verfemten seine Ehre wiederzugeben. Ich bin Hans von Kreuzberg. Ich legte den Freiherrntitel in Amerika ab, da er mir dort nur lästig gewesen wäre, und anglisierte meinen Namen etwas gewaltsam. Auch aus dem deutschen Hans machte ich einen englischen John, und so hat niemand geahnt, daß ich unter diesem Namen zurückgekehrt war.«

»Doch, Hans Kreuzberg«, sagte jetzt Tante Stasi mit lauter, bewegter Stimme. »Ich habe dich erkannt in der ersten Minute, als ich dich wiedersah, trotzdem du vorsichtig eine blaue Brille aufgesetzt hattest. Ich erkannte dich an der Haltung, an dem Haaransatz über der Stirn und an der kleinen Narbe an den Schläfen. Aber ich ehrte deinen Willen und schwieg.«

John Crosshill – oder Hans von Kreuzberg, wie wir ihn jetzt nennen wollen, faßte ihre Hand.

»Und du hast an meine Unschuld geglaubt und bist für mich eingetreten, liebe Stasi. Ich war, ohne daß ihr alle es ahntet, Zeuge eures letzten Familientages und hörte mit meiner Tochter jedes Wort, das dort gesprochen wurde. Laß mich auch dir danken, daß du einem Verfemten ein treues Herz bewahrtest.«

Die alte Dame sah ihm ernst und klar in die Augen. »Ich schäme mich des Bekenntnisses nicht. Ich bin ja eine alte Frau, die ruhig darüber sprechen kann.«

Er küßte ihr in stummer Dankbarkeit die Hand.

Nun trat der General auf ihn zu und reichte ihm die Rechte.

»Ich habe dich nicht erkannt, lieber Hans. Aber um so mehr freut es mich nun, daß Kreuzberg doch nicht in fremde Hände gekommen ist. Und noch mehr freue ich mich, daß dein Name wieder rein ist von jedem Makel. Lieber Vetter, ich heiße dich mit Freuden in der Heimat und in der Familie willkommen.«

Lothar von Kreuzberg hatte am längsten gebraucht, sich zu fassen. Jetzt aber trat er rasch vor Hans von Kreuzberg hin.

»Jetzt weiß ich auch, wer meine Schulden bezahlt hat. Tante Stasi sagte mir, daß das Geld von einem Verwandten an Salzmann geschickt worden ist. Dieser Verwandte kannst du nur sein, Onkel Hans.«

Hans von Kreuzberg lächelte und sah Tante Stasi fragend an. »Auch das wußtest du, Stasi?«

»Ich sah deine Handschrift auf meiner Visitenkarte. Aber so schwer es mir auch geworden ist, habe ich dich doch nicht verraten. Gegen deinen Willen wollte ich den Schleier nicht lüften.«

Lilian war endlich von Ronald fortgetreten auf Veva zu. Sie sahen sich an und lagen sich plötzlich in den Armen.

»Jetzt weiß ich, warum ich dich gleich so lieb hatte, Lilian«, sagte Veva bewegt.

Es gab noch ein langes, aufgeregtes Durcheinander, ein Fragen und Erklären. Soviel hatte man sich zu sagen, daß das Diner nicht mehr zu seinem Recht kam.

Man erhob sich und ging in ein Nebenzimmer. Hans von Kreuzberg zog Ronald an seine Seite und sprach mit ihm von seiner Mutter, Lothar und Lilian standen beisammen, und der General unterhielt sich aufgeregt mit Veva und Tante Stasi.

Lilian legte ihre Hand auf Lothars Arm. »Nun, lieber Vetter, jetzt wissen Sie, weshalb ich mir Ihre Freundschaft um jeden Preis bewahren wollte«, sagte sie schelmisch.

»Ja, Lilian, jetzt weiß ich's. Aber das ›Sie‹ streichen wir nun aus unserm Verkehr. Zum Vetter gehört das Du.«

»Gut, du sollst deinen Willen haben. Und wir sind nun gut Freund auf Lebenszeit.«

Ronald hatte noch kein Wort weiter mit Lilian gewechselt, seit sie ihm so innig und mit so strahlenden Augen gedankt hatte. Ihren Blick, ihr Lächeln wollte er mit auf die Reise nehmen. Er hatte sich von ihrem Vater verabschiedet, ehe sie ihn hinausbegleitete. Nun wartete er, daß sie zurückkam. Er konnte nicht fort ohne ein letztes Lebewohl.

Abseits stand er im Nebenzimmer, während sich Tante Stasi, der General, Veva und Lothar noch immer erregt unterhielten. Durch dieses Zimmer mußte Lilian kommen, wenn sie von ihrem Vater zurückkehrte. Und als sie dann nach ziemlich langer Zeit eintrat, schritt er ihr entgegen.

»Ehe ich mich von Ihnen verabschiede, mein gnädiges Fräulein, möchte ich noch eine Frage an Sie richten. Als wir uns in Berlin, im Vestibül des Hotels zuerst begegneten, sahen Sie mich so seltsam an. Und als Sie dann oben auf der Treppe neben mir standen, lag ein dringendes Forschen in Ihrem Blick, das ich mir nie erklären konnte. Jetzt könnte ich eine Erklärung finden, wenn Sie mir sagen würden, daß Sie damals schon wußten, wer ich war.« Lilian blickte ihn groß und offen an.

»Ja, ich wußte es. Ich hörte, daß Sie ein Herr beim Namen rief. Und diesen Namen kannte ich genau aus den Erzählungen meines Vaters. Ich wußte schon damals, daß Sie der Sohn des Todfeindes meines Vaters und der

Frau waren, die mein Vater im Leben am meisten geliebt hatte.«

»Dann weiß ich auch, weshalb Sie mir so feindlich gesinnt waren und sich immer so kalt und abweisend gegen mich verhielten. Sie mußten mir so feindlich gesinnt sein, weil mein Vater dem Ihren die Ehre stahl.«

»Ich konnte ja nicht wissen, daß Sie anders dachten als Ihr Vater«, sagte sie ausweichend.

Er faßte ihre Hand und küßte sie. »Jetzt aber wissen Sie es, mein gnädiges Fräulein, und ich darf Sie bitten, Ihren Groll gegen mich zu besiegen. Lange werde ich Ihnen jetzt nicht begegnen. Aber ich hoffe, wenn ich wiederkehre und Sie noch in Kreuzberg finde, dann werden Sie mir ohne Groll begegnen können.«

Sie wußte nicht, daß er glaubte, sie werde Kreuzberg bald verlassen, um dem Mann anzugehören, den sie liebte.

»Gewiß werde ich noch in Kreuzberg sein. Und Groll empfinde ich sicher nicht mehr gegen Sie, nur herzliche, innige Dankbarkeit, daß Sie meinen Vater von langer Pein erlösten durch Ihre Worte.«

»So leben Sie wohl, mein gnädiges Fräulein.«

»Auf Wiedersehen, Herr von Ortlingen, und glückliche Reise.« Er sah sie mit einem schmerzlichen Blick an, mit einem Blick, der ihr tief in die Seele drang, der sie namenlos quälte und doch beglückte.

Schnell verbeugte er sich und ging, um sich von den andern Herrschaften zu verabschieden.

Auf dem Heimweg dachte er an das, was er heute in Kreuzberg erlebt hatte. Mit tiefer Bitterkeit sagte er sich, daß er nun Lilian von Kreuzberg zu seiner Gemahlin hätte machen können, ohne auf Ortlingen verzichten zu müssen, wenn sie nicht einen andern liebte.

Lilian eilte, als Ronald gegangen war, hinauf in ihr Turmzimmer und schloß die Tür hinter sich zu.

Wie überwältigt von Schmerz und Herzeleid sank sie auf den Diwan. Eine unsagbare Unruhe war in ihrem Herzen. Ronalds letzter, schmerzlicher Blick verfolgte sie. Warum hatte er sie so angesehen, heute, und schon damals auf dem Gartenfest? Wenn er Genoveva liebte und in ihr sein Glück sah, dann durfte er doch nicht so unglücklich aussehen. Und warum war er nicht glücklich?

Wochen vergingen.

Die Kunde, daß John Crosshill mit dem vor dreißig Jahren ausgewanderten Hans von Kreuzberg identisch war, hatte sich schnell verbreitet. Niemand außerhalb der Familie hatte gewußt, daß seinem Namen ein Makel angeheftet worden war, und niemand erfuhr jetzt davon. Man wußte nur, daß er außer Landes gegangen war, weil er pekuniär ruiniert gewesen, und daß er nun als reicher Mann zurückgekommen war.

Warum er nichts hatte von sich hören lassen und sich selbst seiner Familie nicht gleich zu erkennen gegeben hatte, bildete das interessante Tagesgespräch. Lothar erklärte lachend, Onkel Hans habe erst eine Weile die gute Fee im Märchen spielen wollen, was ihm auch glänzend gelungen sei.

Es tauchte nun dieser und jener Jugendfreund des alten Herrn in Schloß Kreuzberg auf, um ihn zu begrüßen und alte Erinnerungen aufzufrischen. Der einzige Mensch, der mit stoischer Ruhe die Verwandlung Mr. Crosshills in einen deutschen Freiherrn betrachtete, war

Mr. White. Er unternahm im Auftrag seines Herrn die nötigen Schritte, um dieser Verwandlung die offizielle Geltung zu verschaffen.

Seit Ronald von Ortlingen abgereist war, konnte Lilian Veva wieder unbefangener begegnen. Sie überhäufte die Cousine mit Geschenken und andern Beweisen ihrer Zuneigung, und sie arbeitete ernsthaft an sich, um das Sehnen ihres Herzens zur Ruhe zu bringen und ruhig an Ronald denken zu können. Die Cousinen waren jetzt fast unzertrennlich, und Lilians Vater freute sich der Liebe, die man seiner Tochter entgegenbrachte. Ruhiger als je sah er seinem Ende entgegen.

An Bobby Blount hatte Hans von Kreuzberg ausführlich geschrieben und ihm alles erklärt. Darauf schrieb dieser einen herzlichen Glückwunsch und einige Zeilen, aus denen stille Resignation klang.

»Das deutsche Freifräulein wird mir ebenso unerreichbar sein, wie es Miß Lilian war. Ich habe mich damit abgefunden und suche dem Leben Werte abzugewinnen, die mich darüber so viel als möglich trösten. Sehr viel Schönes habe ich gesehen, und Weihnachten werde ich also mit Ihrer Erlaubnis bei Ihnen feiern und mich überzeugen, wie gut Sie sich als Schloßherrschaft eingelebt haben.«

Hans von Kreuzberg sah lächelnd seine Tochter an, als sie beide gelesen hatten. »Meine Lilian wird einem deutschen Mann die Hand zum Bund fürs Leben reichen. Das hat Bobby nun auch begriffen.«

Lilian antwortete nicht. Sie befanden sich in ihrem Turmzimmer. Still trat sie ans Fenster und sah mit großen ernsten Augen nach Ortlingen hinüber. Durch die jetzt entlaubten Bäume konnte man die Turmspitzen des

Ortlinger Schlosses sehen. Veva hatte sie ihr gestern gezeigt und gesagt: »Wir werden gleich wissen, wenn Ronald von Ortlingen heimkehrt, dann wird dort auf der Turmspitze die Flagge gehißt werden.«

Daran mußte Lilian denken. Sie wußte auch von Veva, daß Ronald bestimmt Weihnachten zu Hause sein würde, weil er seinen Vetter eingeladen habe. Dabei war Veva sehr rot geworden, Lilian hatte das Herz schmerzhaft gezuckt. Sie konnte trotz aller Selbstzucht nicht ruhig an das Wiedersehen mit Ronald denken.

Eines Tages bei Tisch brachte Tante Stasi das Gespräch auf Ronald.

»Er läßt so wenig von sich hören. Natürlich, alle Herren sind schreibfaul, zumal auf Reisen. Und seine Adresse vergißt er immer anzugeben. Man kann ihm nicht einmal schreiben«, sagte sie.

Veva lachte.

»Ach Tantchen, wenn du ihm etwas Wichtiges mitzuteilen hast, brauchst du nur bei Frau Hellmann telephonisch anzufragen, die weiß seine Adresse immer.«

Lilian saß mit gesenkten Augen, und auf ihrem Antlitz wechselten Röte und Blässe. Nun konnte sie sich erklären, auf welche Weise Veva und Ronald in Verbindung blieben in all der Zeit.

»Nun, so Wichtiges habe ich ihm nicht zu melden. Zu Weihnachten kommt er wohl heim. Und ich glaube, so lange geht er dann wohl nicht wieder fort. Ich denke, er wird sich nun bald verheiraten, es muß freilich eine Frau von altem Adel sein, so wie zum Beispiel die Freiinnen von Kreuzberg.«

Das sagte Tante Stasi mit besonderer Betonung und einem bedeutungsvollen Lächeln.

Lilian strich sich nervös über die Stirn. Tante Stasi weiß längst, daß Genoveva Ronalds Frau wird, dachte sie.

Sie sprang auf und verließ mit einem Vorwand das Zimmer. Sie konnte diese Anspielung auf die baldige Verheiratung Ronalds nicht ruhig ertragen.

Tante Stasi und Hans von Kreuzberg sahen sich lächelnd an.

Von Hans von Kreuzbergs Schlafzimmer war ein elektrischer Klingelzug nach Lilians Schlafzimmer gelegt worden, damit sie Charles auch in der Nacht zu jeder Zeit herbeirufen konnte, wenn der Vater einen Anfall bekam. Da jeder dieser Anfälle den Tod ihres Vaters herbeiführen konnte, wollte Lilian unbedingt jedesmal gerufen werden.

Es war eine rauhe Herbstnacht, als Lilian durch diese Klingel aus dem Schlaf aufgeschreckt wurde. Hastig fuhr sie empor. Sie wußte sogleich, weshalb sie gerufen wurde.

Eilig warf sie einen pelzgefütterten Morgenrock über das spitzenbesetzte Nachthemd. Dieser Morgenrock lag stets für solche Fälle bereit. Sie schlüpfte in weiche Pelzschuhe, die zum gleichen Zweck bereitstanden, und eilte in das Zimmer des Vaters hinüber.

Sie fand ihn, von Charles aufgerichtet und mit Kissen unterstützt, im Bett sitzend, mit gerötetem Gesicht und qualvoll nach Atem ringend.

Lilian kannte diesen besorgniserregenden Anblick. Sie eilte an seine Seite. »Mein lieber, armer Papa!«

Zitternd tasteten die Vaterhände über ihren blonden Kopf, von dem die langen, schweren Flechten über den pelzgefütterten Morgenrock herabglitten.

»Ruhig, tapfer, mein geliebtes Kind!« stieß er mühsam hervor.

Sie lächelte ihm zu und streichelte ihm die kalten Hände. »Ist es schlimm, mein armer Papa?«

Diese zärtlichen Worte waren die letzten, die der Vater hörte.

Er sank in die Kissen zurück. Lilian umfaßte ihn und legte sein Haupt an ihre Schulter.

Noch einmal glitt die Hand des Leidenden über die seiner Tochter.

»Gott segne dich und Ronald!« stieß er mühsam, kaum verständlich, hervor.

Dann fiel seine Hand schlaff herab, das Haupt sank zurück, und ein Zucken und Strecken ging durch den Körper.

Lilian sah erschrocken auf ihn herab, in seine brechenden Augen hinein.

»Vater, Vater!«

Wie ein jammernder Schrei kam das über ihre Lippen. Aber der Vater hörte sie nicht mehr, er war tot.

Sie erzitterte, wie unter einem grausamen Streich. Mit einer unendlich sanften, zärtlichen Bewegung schloß sie die gebrochenen Augen und sank mit einem qualvollen Aufschluchzen in die Knie.

So lag sie im bitteren Schmerz und sah und hörte nichts, was um sie her vorging.

Charles hatte die andern Schloßbewohner geweckt, und nun ging die Kunde leise durch das ganze Haus. Der gütige Herr war tot.

Tante Stasi und Veva waren herbeigeeilt und knieten nun weinend und betend hinter Lilian an dem Totenlager.

Lilian rührte sich nicht von der Seite ihres Vaters, bis der Morgen kam. Da endlich trat Tante Stasi an sie heran und hob sie auf. »Komm, mein liebes Kind, du darfst nicht länger so liegen. Stehe auf, du machst dich krank.«

Da hob Lilian das blasse, schmerzverzogene Antlitz zu ihr empor. Und als sie in Tante Stasis wehe, leidvolle Augen sah, da warf sie sich aufschluchzend an ihre Brust.

»Du hast ihn auch geliebt! Ach, er war so vieler Liebe wert, mein einzig guter Vater. Ich kann es nicht fassen, daß er von mir ging.«

Sie hielten sich fest umschlungen. Tante Stasi streichelte mit zitternder Hand das blonde Mädchenhaupt und sah hinüber in das bleiche Antlitz des Mannes, dem sie ihr Leben lang in wunschloser Liebe und Treue angehangen hatte.

Sie hatte ihm versprochen, Lilian zu stützen und zu trösten, wenn er abgerufen würde. So bezwang sie ihren eigenen Jammer und tröstete Lilian mit lieben zärtlichen Worten.

Mr. White war zur Stelle und griff sofort beruhigend und ordnend ein. Er hatte genaue Instruktionen von seinem Herrn erhalten, was nach dessen Tode geschehen sollte. Ruhig und unbewegt war auch jetzt das Antlitz des Sekretärs. Aber als er einen Moment mit dem Toten allein war, beugte er sich über ihn und küßte seine kalte Hand.

Unter reger Beteiligung der Garnison und der ganzen Umgegend wurde Hans von Kreuzberg in der Kapelle von Kreuzberg beigesetzt, gerade, als der erste Schnee sich über Berg und Tal gebreitet hatte.

Veva hatte sofort Frau Hellmann gebeten, an Ronald

zu depeschieren, daß Hans von Kreuzberg gestorben sei. Und Ronald war herbeigeeilt aus dem Süden, wo er sich gerade befand, um noch zurechtzukommen, dem Toten die letzte Ehre zu erweisen.

Er war froh gewesen, einen Vorwand zur Heimreise zu haben, denn die Sehnsucht nach Lilians Anblick quälte ihn namenlos. Er meinte, alles andere ertragen zu können, wenn er nur wieder in ihrer Nähe weilen konnte.

Ronald hatte Lilian einen Kondolenzbesuch gemacht. Er fand sie schöner und holdseliger denn je, mit dem blassen, traurigen Gesicht. Sie trug ein langschleppendes Trauerkleid, von dem sich der satte, warme Goldton des Haares wundervoll abhob. So süß und anbetungswürdig erschien sie ihm, daß sein Herz bei ihrem Anblick erzitterte.

Lilian behielt nur mit Mühe ihre Fassung, als sie ihn wiedersah. Sie brauchte aber wenigstens kein lächelndes Antlitz zu zeigen. Sie sprachen nur wenige Worte zusammen und vermieden soviel wie möglich, sich anzusehen.

Genau eine Woche nach Hans von Kreuzbergs Tode wurde sein Testament eröffnet. Lilian war seine Universalerbin. Mit zahlreichen Legaten hatte er seine treuen Diener, Mr. White und wohltätige Stiftungen bedacht.

Zum Schluß wurde das Kodizill verlesen, in dem die beiden Freiinnen Genoveva und Anastasia von Kreuzberg-Breitenbach je mit einem bedeutenden Legat bedacht wurden.

Veva wurde vor Erregung leichenblaß. Sie saß neben Lilian, und diese merkte, daß sie erzitterte und kaum ihre Erregung meistern konnte, bis der feierliche Akt zu

Ende war. Tante Stasi weinte nur still vor sich hin.

Lilian konnte nicht begreifen, daß Veva so furchtbar aufgeregt war und vor Aufregung am ganzen Körper zitterte. Was konnte der künftigen Herrin von Ortlingen an solch einer verhältnismäßig kleinen Summe liegen?

Endlich war der feierliche Akt zu Ende, und die drei Damen waren allein. Da warf sich Veva aufschluchzend in Lilians Arme und umfaßte sie mit leidenschaftlicher Innigkeit

»Lilian, ach Lilian, dein lieber teurer Vater; ich kann ihm nicht einmal danken. So lasse du dir meinen Dank gefallen. Ich bin ja so glücklich, so namenlos glücklich, daß dein Vater mich so großherzig bedacht hat und damit mein Glück begründet. Ist es denn nur wirklich wahr? Ist das auch kein Irrtum?«

Lilian schüttelte erstaunt den Kopf. »Scheint dir das ein so großes Glück, Genoveva? Gewiß gehört dir das Geld. Aber ich begreife deine Aufregung nicht.«

Veva lachte und weinte durcheinander.

»Ach, du weißt ja nicht, was ich mir mit dieser Summe für ein großes herrliches Glück erkaufen kann. Laß mich dir in dieser Stunde gestehen, daß ich schon lange heimlich verlobt bin. Ich hatte noch gar keine Aussicht auf eine baldige Verbindung. Aber nun werden alle Hindernisse fallen durch die Großmut deines lieben Vaters. Nun kann ich glücklich sein.«

Lilian wurde sehr bleich. »Liebe Genoveva, ich habe schon längst geahnt, daß du heimlich verlobt bist, ich wollte mich nur nicht in dein Vertrauen drängen. Aber ich verstehe trotzdem nicht, wie dein Glück von diesem Gelde abhängig sein kann. Ist denn Herr von Ortlingen nicht reich genug, eine vermögenslose Frau heiraten zu können?«

Veva blickte erstaunt in ihr Gesicht, und Tante Stasi horchte mit einem seltsamen Ausdruck auf, als mache sie eine sonderbare Entdeckung.

»Ronald? Du meinst Ronald? Ach Lilian, da bist du sehr im Irrtum. Nicht mit Ronald bin ich verlobt, sondern mit seinem Vetter Georg«, sagte Veva lächelnd.

Mit einem Ruck fuhr Lilian plötzlich empor. Alle Farbe wich aus ihrem Gesicht, und ihre Augen blickten groß und starr in die Vevas. »Was sagst du, Genoveva? Du bist nicht mit Ronald Ortlingen verlobt?«

»Nein, nein, ich sage dir doch, Georg von Strachwitz ist mein Verlobter.«

Lilian strich sich über die Augen, als müsse sie einen Schleier fortwischen. »Aber ich sah doch, daß dir Herr von Ortlingen heimlich Briefe zusteckte, sah doch, daß er dich küßte«, stieß sie heiser hervor, sich gewaltsam zur Ruhe zwingend.

Veva lachte. Sie hielt Lilians seltsames Wesen nur für Erstaunen. Nur Tante Stasi hatte schärfere Augen und wußte nun plötzlich, was Lilian das Herz so schwer bedrückt hatte. Aber sie sagte kein Wort und gab sich den Anschein der Unbefangenheit.

»Ach, liebe Lilian«, sagte Veva in lieblicher Schelmerei, »die Briefe, die mir Ronald brachte, waren von Georg. Und für jeden Brief bekam er einen Kuß zum Dank. Du weißt doch, wie vertraut wir von Kindheit auf zusammen sind, fast wie Bruder und Schwester. Aber nun du alles weißt, verstehst du doch meine Glückseligkeit. Mein Liebster ist ja so arm wie ich, und wir wußten bisher nicht, wovon wir uns ein Nest bauen sollten. Ronald hatte uns allerdings seine Hilfe versprochen, er zahlt ja

Georg auch einen Zuschuß. Aber nun ist das nicht nötig, nun bin ich ja reich; so reich und so namenlos glücklich. Wenn ich doch nur deinem lieben Vater noch danken könnte.«

So sprach Veva erregt, und dann fing sie wieder an zu weinen vor Glückseligkeit und umarmte Lilian, die bleich und zitternd dastand und nicht wußte, ob sie wachte oder träumte.

Mit bebenden Lippen erwiderte sie Vevas Kuß und strich ihr über das Haar. Aber sprechen konnte sie nicht.

Veva war viel zu sehr mit ihren eigenen Gedanken beschäftigt, als daß sie sich über Lilians Wesen gewundert hätte.

»Jetzt müßt ihr mich entschuldigen, du und Tante«, fuhr Veva erregt fort, »ich muß an Georg ein Telegramm abschicken. Nicht eine Minute länger als nötig soll er in Sorge bleiben. Ach, wird er eine Freude haben.«

Sie küßte Lilian und Tante Stasi noch einmal herzhaft ab und eilte hinaus.

Lilian sank wie kraftlos in einen Sessel. Sie faltete die Hände und saß reglos, wie gelähmt. Über ihre bleichen Wangen flossen erlösende Tränen. Wußte sie auch jetzt noch nicht, ob Ronald von Ortlingen sie liebte, so war es doch eine Befreiung aus namenloser Pein für sie, zu wissen, daß sie mit ihrer Liebe zu Ronald Veva kein Unrecht tat.

Alles bekam nun ein anderes Gesicht. Sie mußte sich erst langsam aus dem Irrtum heraustasten, in den sie sich in selbstquälerischer Pein verrannt hatte. Alles überdachte sie, was zwischen ihm und ihr geschehen und gesprochen war, und sie sah es jetzt von einem ganz andern Standpunkt aus. Jetzt bekamen auch seine schmerzlich-sehnsüchtigen Blicke eine andere Bedeutung für sie, an die sie freilich noch nicht zu glauben wagte.

Tante Stasi saß still in ihrem Sessel und sah mit warmen liebevollen Blicken auf das lautlos weinende Mädchen. Das also war es, was zwischen Lilian und Ronald trennend gestanden hatte. Nun verstand sie alles.

»Wir waren auf falscher Fährte, Hans. Deine Tochter trug ein schwereres Leid mit sich herum, als wir ahnten. Aber nun haben sie ja beide freie Bahn zueinander, und nun wird alles gut werden.«

Zwischen Veva und Lilian herrschte von dieser Stunde an ein noch viel innigeres Verhältnis.

Veva konnte sich nicht genug tun, von ihrem Georg zu erzählen, und Lilian wurde nicht müde, zuzuhören. Es lag eine wundersame Weichheit und Verträumtheit über Lilians Wesen. Es war eine süße Ruhe, ein köstlicher Frieden in ihre Brust eingezogen. Und bei alledem wurde die Trauer um den Vater milder, wenn sie auch nicht verblaßte und zuweilen mit voller Wucht über sie herfiel. Sie fühlte sich eins mit dem Verstorbenen, und seine Liebe schien ihr ein unvergängliches Gut, das ihr nie verlorengehen konnte.

In dieser friedsamen Stimmung wurden nun von den drei Damen Weihnachtsvorbereitungen getroffen. Lothar kam nach wie vor oft heraus und suchte die Damen aufzuheitern, die sonst jetzt wenig Gäste bei sich sahen.

Lilian bat Lothar gleich bei seinem ersten Besuch nach den Beisetzungsfeierlichkeiten, in Zukunft auch von ihr den monatlichen Zuschuß anzunehmen, den ihr Vater ihm gewährt hatte.

»Du mußt es tun, Lothar, ich habe es mit Papa ausgemacht, es ist sein Wille, den er nur nicht mehr niederschreiben konnte. Du darfst mich nicht hindern, ihn zu erfüllen.«

Lothar nahm dankbar an, was sie ihm so zart zu bieten verstand. Und um seine Rührung zu verbergen, sagte er scherzend:

»Du und dein Vater, Lilian, seid zu uns in die Heimat zurückgekommen wie das Christkind und der Weihnachtsmann zu artigen Kindern. Mit vollen Händen habt ihr Segen über uns gestreut. Und wir können so gar nichts tun, unsere Dankbarkeit zu bezeugen.«

Lilian wehrte nur lächelnd ab. Veva ging mit leuchtenden Augen umher und traf Weihnachtsvorbereitungen.

Im geheimen hatte dann Lilian mit Tante Stasi eine lange Konferenz. Die Folge davon war, daß Tante Stasi am nächsten Tage in die Hauptstadt reiste, um Weihnachtskommissionen für Lilian zu erledigen, wie sie sagte. Lilian hatte sie gebeten, eine komplette Wäscheausstattung für Veva zu bestellen. Die wollte sie Veva als Weihnachtsgeschenk aufbauen.

Tante Stasi war erst ein bißchen erschrocken gewesen, als Lilian ihr die Summe nannte, die sie dafür anlegen wollte.

»Das ist ja viel zuviel, Lilian«, sagte sie fassungslos.

Aber Lilian mußte der tiefen stillen Freude Ausdruck geben, daß Veva nicht Ronalds, sondern eines andern Mannes Braut war.

»Laß mich nur, Tante Stasi, ich kann mir den Luxus schon erlauben, unser Bräutchen auszustatten. Du sollst sehen, wie Genoveva strahlen wird. Lange werden wir sie nun leider nicht mehr bei uns behalten. Doch daran mag ich jetzt nicht denken. Ich behielte sie am liebsten immer in meiner Nähe und zergrüble mir schon lange den Kopf, wie ich das einrichten könnte.«

Lilian und Veva hatten in Tante Stasis Abwesenheit alle Hände voll zu tun für die Weihnachtsvorbereitungen. Da herrliche Schlittenbahn war, fuhren sie jeden Tag im Schlitten spazieren und suchten sich im Wald selbst die Tannenbäume aus.

Ronald von Ortlingen war seit seinem Kondolenzbesuch noch nicht wieder in Kreuzberg gewesen. Er wollte die Damen nicht in ihrer Trauer stören. Aber Tag und Nacht sah er Lilian vor sich, in dem langschleppenden schwarzen Kleid, mit dem blassen, süßen Gesicht und dem leuchtenden Goldhaar.

Veva hatte ihm am Telefon jubelnd von ihrer »großen, großen Erbschaft« Bericht gegeben. Er wünschte ihr sehr warm und herzlich Glück, daß nun all ihre Not ein Ende hatte, und sagte ihr, daß er erst einige Zeit vergehen lassen wolle, ehe er seinen Glückwunsch persönlich wiederhole, da er jetzt nicht stören wolle.

Tante Stasi kam zurück. Lilian und Veva holten sie im Auto vom Bahnhof ab. Unterwegs begegneten sie Lothar, der mit Herrn von Thielen über den Markt ging. Lilian ließ das Auto halten, und die Herren traten grüßend heran.

»Ich komme morgen nach Kreuzberg hinaus, meine beiden schönen Bäschen, um euch Adieu zu sagen. Das Weihnachtsfest verlebe ich mit meinen Brüdern bei Papa«, sagte Lothar. Und als die beiden Herren dann weitergingen, sagte Thielen seufzend: »Du hast doch ein unverschämtes Glück, mein lieber Lothar. Zwei so reizende Cousinen auf einmal, das müßte polizeilich verboten werden.«

Lothar machte am nächsten Tag seinen Abschiedsbesuch. Erst nach Neujahr wollte er zurückkommen.

Während er noch mit den Damen plauderte, ließ sich Ronald melden. Als er eintrat und Lilian begrüßte, sah er, daß sich ihr Gesicht mit einer tiefen Röte bedeckte. Im Laufe der Unterhaltung fiel es ihm auf, daß sie ihn mit seltsamen Blicken ansah. Nichts war mehr in ihren Augen von dem abweisenden, kalten Stolz. Auch der Ton ihrer Stimme war anders als sonst, wenn sie mit ihm sprach. Sie vermied es nicht, wie früher stets, das Wort an ihn zu richten, sondern plauderte lebhaft mit ihm.

So glücklich hätte ihn das machen können, wenn er nicht geglaubt hätte, daß Lilian einen andern liebte.

Veva und Lothar waren hinüber in den großen Saal gegangen, um sich die Weihnachtstannen anzusehen, und da fiel es Tante Stasi plötzlich ein, daß sie im Haushalt etwas vergessen hatte. Sie eilte mit einer Entschuldigung hinaus.

So saßen sich Lilian und Ronald allein gegenüber.

Lilian blickte blaß und stumm auf ihre Hände hinab, die schlank und weiß auf ihrem Schoß ruhten.

Ronald sah sie mit brennenden Blicken an. Das Herz zog sich schmerzlich zusammen bei dem Gedanken, daß all dieser süße Liebreiz einem andern gehören würde. Er atmete tief und schwer und sagte leise, mit verhaltener Stimme:

»Ich bin Ihnen so sehr dankbar, mein gnädiges Fräulein, daß Sie mir jetzt nicht mehr so feindlich und abweisend gegenüberstehen.«

»Ich war Ihnen nie feindlich gesinnt, Herr von Ortlingen. Nur wüßte ich nicht, ob Sie mein oder meines Vaters Feind sein würden, wenn Sie erst wüßten, wer wir in Wirklichkeit waren.«

»Aber jetzt wissen Sie es. Und nun gestatten Sie mir, daß ich Ihnen ein ergebener Freund sein darf?«

Ihre Augen sahen mit einem so warmen Leuchten in die seinen, daß sein Herz stürmisch zu klopfen begann.

»Wollen Sie mir das wirklich sein, Herr von Ortlingen?« frage sie leise.

Hingerissen preßte er ihre Hand an seine Lippen. »Ich möchte Ihnen so gern meine schrankenlose Ergebenheit beweisen.«

Sie sahen sich eine Weile mit großen ernsten Augen an. Lilian errötete unter seinem Blick und zog ihre Hand aus der seinen. Da kam er wieder zu sich und strich sich über die Stirn.

Sie liebt ja einen andern, dachte er und gab sich Haltung.

»Ich habe eine Bitte an Sie, Herr von Ortlingen«, sagte Lilian ablenkend.

»Sprechen Sie, mein gnädiges Fräulein, sie ist erfüllt, wenn es in meiner Macht steht.«

Ein reizendes Lächeln huschte wie ein Sonnenstrahl über ihr Antlitz. »Ich will Sie auf keine zu harte Probe stellen«, sagte sie mit leiser Schelmerei. »Sie sollen mir nur gestatten, in diesen Tagen einmal nach Ortlingen zu kommen, mit Tante und Genoveva. Ich möchte das Bild ihrer Mutter noch einmal betrachten. Damals, als ich mit Papa drüben war, konnte ich das nicht so tun, wie ich es wünschte. Ich mußte ja die Aufmerksamkeit von meinem Vater ablenken, der so maßlos erschüttert war.«

»Ja, kommen Sie, so oft und so lange Sie wollen. Verfügen Sie über mich und Ortlingen, ich weiß mir nichts Schöneres, als Ihnen dienen zu können«, sagte er erregt.

Ihr Herz kopfte laut und stark. Sie hätte aufjubeln mögen vor Freude, denn sie fühlte, daß ihr sein ganzes Herz entgegenschlug. Was sie seit dem Gartenfest nur scheu geahnt und immer wieder vor sich selbst verleugnet hatte, das war ihr nun Gewißheit geworden. Ronald von Ortlingen liebte sie, wenn er dieser Liebe auch noch nicht in Worten Ausdruck gab.

Es sang und klang in ihrem Herzen wie eine wundersame Melodie, und tausend süße Hoffnungen erfüllten ihre Seele und machten ihr das Herz weit.

»Ich werde Sie gleich beim Wort nehmen und über Sie verfügen, Herr von Ortlingen. Sie müssen Weihnachten mit uns feiern. Genovevas Verlobter wird ja wohl am Weihnachtsabend bei seiner Braut sein wollen. Werden Sie ihn begleiten, wenn ich Sie darum bitte?«

Was hätte Ronald nicht alles getan, wenn sie ihn in dieser lieben, herzlichen Weise gebeten hätte.

»Die Erfüllung dieser Bitte ist ein Geschenk für mich. Ich werde sehr gern kommen.«

»Und Sie werden uns nun wieder öfter besuchen, nicht wahr?«

»Wenn ich nicht störe, herzlich gern.«

»Nein, Sie stören nicht, wir alle haben Sie schmerzlich vermißt.«

Er sprang auf und trat von ihr fort. Es war ihm nicht möglich, ihr länger in die leuchtenden Augen zu sehen, ohne seine Ruhe und Beherrschung zu verlieren. Ihm war, als müsse er vor ihrem Zauber fliehen, so weit ihn seine Füße trugen, und doch wußte er, daß es ihn immer wieder magnetisch in ihre Nähe ziehen würde. Ein tiefes

Schweigen entstand, aus dem sich beide nicht herausfinden konnten. Und die Sehnsucht wob goldene Bande um die beiden jungen Menschen.

Endlich traten Veva und Lothar wieder ein, und die Spannung löste sich in einer allgemeinen Unterhaltung.

»Herr von Ortlingen hat mir eben zugesagt, den Weihnachtsabend bei uns zu verbringen«, sagte Lilian so ruhig sie konnte.

Veva lachte. »Das habe ich nicht anders erwartet«, antwortete sie.

Lothar verabschiedete sich dann, aber Ronald blieb auf den Wunsch der Damen noch eine Weile.

Tante Stasi kam zurück und sah verstohlen forschend von Ronald zu Lilian. Aber sie fand nicht das, was sie erwartet hatte.

Sie sprachen nun von Georgs und Vevas Verlobung, die zum Weihnachtsfest proklamiert werden sollte. Veva schilderte Ronald ihre Freude bei der Testamentseröffnung, und dann sagte sie lächelnd:

»Und denke dir nun, Ronald, Lilian hat geglaubt, du und ich, wir seien ein heimliches Brautpaar. Ist das nicht drollig?«

Ronald sah betroffen zu Lilian hinüber, deren Antlitz sich mit dunkler Röte bedeckte.

»Das haben Sie geglaubt, mein gnädiges Fräulein?« fragte er unsicher.

Da hob sie plötzlich die Augen, voll und ernst sah sie ihn an, mit einem Ausdruck, der ihn seltsam erregte und unruhig machte, und doch stolz und frei.

»Ja, das habe ich ganz fest geglaubt«, sagte sie, ohne die Augen von ihm zu lassen.

Tante Stasi rief Veva an ihre Seite, um ihre Aufmerksamkeit von Ronald und Lilian abzulenken.

Ronald wußte nicht, wie er sich Lilians Wesen erklären sollte. In ihren Augen lag etwas, das ihn an sich selbst irre werden ließ.

In diesem Augenblick brachte ein Diener eine Depesche herein. Sie war an Lilian adressiert.

Sie öffnete dieselbe, und ein frohes, strahlendes Lächeln erhellte ihr Gesicht. »Bobby, lieber, alter Bobby«, sagte sie vor sich hin, so daß es Ronald hören konnte.

»Ein lieber, treuer Freund, der Sohn des einstigen Geschäftsfreundes und Kompagnons meines Vaters, der uns von Amerika nach Europa begleitete, meldet mir eben seine Ankunft für das Weihnachtsfest. Ich wußte schon, daß er kommen würde, er hatte es uns versprochen«, sagte sie dann erklärend. »Wir bekommen also noch einen jungen Herrn zu Gast, Tante Stasi. Du läßt wohl Zimmer bereitmachen und sorgst, daß es ihm recht gut gefällt.«

Diese Worte fielen wieder wie ein Reif über Ronalds heiße, sehnsüchtige Wünsche. Bobby Blount, »lieber, alter Bobby« hatte ihn Lilian genannt. Für Ronald gab es keinen Zweifel, das war der Mann, dem Lilians Herz gehörte. Er würde nach Kreuzberg kommen, würde vielleicht für immer bleiben oder gar Lilian mit sich fortnehmen.

Er biß die Zähne zusammen wie in wildem wütendem Schmerz. Ein Gefühl brennenden Hasses stieg in seiner Seele auf gegen diesen ihm unbekannten Bobby Blount. In dieser Stunde konnte er verstehen, daß sein Vater Hans von Kreuzberg aus tiefstem Herzen gehaßt hatte.

Schnell verabschiedete er sich und ging. Tante Stasi sah mit einem seltsam forschenden Blick in sein blasses

Gesicht. Als er, von Veva begleitet, hinausgegangen war, trat Tante Stasi an Lilians Seite und sagte lächelnd: »Mich sollte es nicht wundern, Lilian, wenn dieser Bobby Blount deinem Herzen sehr teuer wäre.«

Lilian sah erstaunt auf und schüttelte lächelnd den Kopf. »Ach nein, Tante Stasi, Bobby ist mir nur ein lieber, alter Freund. Er hat mich allerdings einmal zur Frau begehrt, aber ich habe ihn abweisen müssen und er hat sich darein ergeben. O nein, ich heirate ganz sicher keinen Amerikaner.«

Tante Stasi zögerte überlegend eine Weile. Dann sagte sie wie im Scherz: »Nun, nach deinem beglückten, zärtlichen Ausruf: ›Bobby – lieber, alter Bobby‹, müßte man annehmen, er sei deinem Herzen teuer. Und wenn sich Ronald von Ortlingen jetzt zur Revanche einbildet, daß du mit Bobby Blount heimlich verlobt bist, so wie du es von ihm und Veva glaubtest, dann sollte es mich gar nicht wundern.«

Erschrocken blickte Lilian zu ihr auf. »Ach Tante, das wird er doch nicht!« rief sie erschrocken.

Die alte Dame zuckte die Achseln. »Ich habe es mir ja auch eingebildet«, log sie tapfer. »Und wenn man sich mal in solch einen Irrtum verbeißt, hält man ihn fest, bis man gründlich eines Besseren belehrt wird. So ging es dir doch auch.«

Lilian legte die Hände aufs Herz. Wie, wenn Ronald sich wirklich Derartiges einbildete? Liebte er sie, wie sie so sehnlichst hoffte und wünschte, dann mußte ihm das sehr wehe tun. Das wußte sie aus eigener Erfahrung.

»Ach, Tante Stasi, das wäre mir doch sehr unangenehm, ich meine, wenn Herr von Ortlingen falsche Schlüsse ziehen würde.«

Um Tante Stasis Mund zuckte es humoristisch.

»Nun, du kannst ihm ja nächstens eine Erklärung geben, daß Bobby Blount nichts ist als dein Freund.«

Lilian atmete auf und nickte froh.

»Ja, das kann man tun, natürlich, ich werde das nicht vergessen, sonst denkt er am Ende wirklich, ich bin mit Bobby verlobt.«

Tante Stasi war sehr zufrieden mit sich.

Am nächsten Vormittag machte Lilian ganz allein eine Schlittenfahrt. Tante Stasi und Veva hatten erklärt, sie müßten unbedingt zu Hause bleiben, um Weihnachtsarbeiten fertigzumachen. Sie hatten beide kunstvolle Handarbeiten für Lilian angefertigt und mußten die letzten Stiche machen.

So entschloß sich Lilian, allein zu fahren.

In einen Zobelpelz gehüllt, eine kleine Pelztoque auf dem blonden Haar, nahm sie im Schlitten Platz. Es war ein leichtes, elegantes Gefährt, mit zwei edlen Pferden bespannt. Ein Diener breitete eine Pelzdecke über Lilian aus. Gerade als sie abfahren wollte, kam Mr. White herbeigelaufen, um noch eine eilige geschäftliche Frage an sie zu richten. Freundlich gab sie ihm Bescheid, und dann sagte sie lächelnd:

»Morgen kommt Mr. Blount nach Kreuzberg, Mr. White. Sie werden dann endlich wieder einmal ein amerikanisches Gesicht sehen. Wird Sie dann nicht die Sehnsucht nach drüben erfassen?«

Mr. White machte sein unbewegtes Gesicht. »Ich werde bleiben in Deutschland, solange mich Miß Lilian braucht. Das habe ich meinem unvergeßlichen Herrn versprochen, der mir soviel Gutes getan hat.«

Lilian reichte ihm die Hand. »Wird es Ihnen auch nicht zu hart ankommen?«

»Das ist gleich, ich bleibe, bis mich Miß Lilian fortschicken.«

»Vielleicht kann ich Sie eines Tages Ihres Versprechens entbinden, Mr. White, aber jetzt brauche ich Sie noch zu nötig.«

»Oh yes, ich weiß.«

Lilian nickte ihm zu, und der Schlitten flog davon.

Leuchtenden Auges sah Lilian in die verschneite Winterpracht des Waldes. Der Schlitten flog, von den feurigen Pferden gezogen, wie ein Pfeil über die Schneedecke dahin. Lilian hatte keinen Diener mitgenommen, nur der Kutscher begleitete sie. Er saß, in seinen breiten Pelzkragen gehüllt, auf dem Bock.

Lilians Gedanken weilten bei Ronald von Ortlingen.

Sie dachte an die letzten Worte ihres Vaters, die einen Segen enthielten für sie und Ronald. Der Vater hatte wohl gefühlt, daß sie ihn liebte, und vielleicht hatten seine klugen, erfahrenen Augen tiefer gesehen als die ihren, vielleicht hatte er auch erkannt, daß Ronalds Herz sich ihr zuneigte. Nur sie war so töricht gewesen, sich mit einem Phantom zu quälen. Hoffentlich quälte sich jetzt Ronald nicht mit einem ähnlichen Irrtum. Sie mußte ihn bei erster Gelegenheit über ihre wahren Gefühle für Bobby aufklären.

Wohl eine Stunde war sie so dahingeflogen durch den herrlichen, verschneiten Wald. Da schreckte sie plötzlich ein Krachen und ein Ruck aus ihren Träumen empor. Der Schlitten flog zur Seite, und Lilian fiel sanft in einen Schneehaufen hinein.

Sie schrie auf vor Schrecken, und der Kutscher riß die

Pferde zurück, die zum Glück sofort stillstanden.

Der Schlitten war mit aller Wucht gegen einen unter dem Schnee verborgenen großen Stein geprallt, und zwar so unglücklich, daß eine der Kufen zersplitterte.

Lilian war mit dem Schrecken davongekommen. Sie vermochte sich zum Glück selbst zu erheben. Der Kutscher konnte die feurigen Pferde nicht loslassen. Die junge Dame fand sofort ihre Ruhe wieder. Mit kräftigen Armen richtete sie den leichten Schlitten wieder auf, dem Kutscher bedeutend, die Pferde zu halten. Sie untersuchte den Schlitten mit kundigem Blick und sagte dann ruhig: »Die Kufe ist zerbrochen, ich werde nicht weiterfahren können. Wie weit sind wir wohl von Kreuzberg entfernt?«

»Eine gute Stunde, gnädiges Fräulein. Ich bitte sehr um Verzeihung, aber ich habe den Stein nicht gesehen. Gnädiges Fräulein haben sich doch nicht weh getan?«

Lilian lachte. »Es ging noch gut ab, ich fiel ziemlich weich in den Schnee. Lassen Sie es gut sein. Geben Sie mir einmal die Zügel und sehen Sie zu, ob sich der Schaden irgendwie notdürftig reparieren läßt, so daß wir wenigstens im Schritt heimfahren können. Mein Schuhzeug ist nicht für eine stundenlange Promenade in dem tiefen Schnee geeignet.«

Der Kutscher war froh, daß seine junge Herrin die Sache nicht tragisch nahm, und gab ihr die Zügel, dann legte er den Schlitten wieder auf die Seite, sah sich das Unheil an und schob die Pelzmütze hin und her.

»Das ist bös, da ist nichts zu machen«, sagte er verdrießlich.

In demselben Augenblick bog aus einem Seitengang ein anderer Schlitten. Lilian wandte sich nach ihm um, als sie das Schellengeläut vernahm. Ein einzelner Herr saß darin, der selbst kutschierte. Ihr Herz klopfte plötzlich schneller, sie erkannte Ortlingen. Auch er hatte sie erblickt und trieb seine Pferde zur schnelleren Gangart an. In kurzer Zeit war er neben ihr und sprang aus dem Schlitten.

»Gnädiges Fräulein, was ist geschehen? Sie haben doch nicht etwa Schaden gelitten?« fragte er erschrocken und sah sie besorgt an.

»Nur ein unfreiwilliger Aufenthalt. Ich habe mit einem Schneehaufen innige Bekanntschaft geschlossen«, sagte sie scherzend und erklärte, was geschehen war.

Ronald untersuchte nun selbst ihren Schlitten.

»Nein, da ist nichts zu machen. Ich preise den Zufall, der mich hier vorbeiführte. Bitte nehmen Sie in meinem Schlitten Platz, ich werde Sie nach Kreuzberg zurückfahren. Der Kutscher muß die Pferde losspannen und Leute herschicken, die den Schlitten reparieren, damit er transportiert wird.«

Lilián mußte Ronalds Angebot annehmen, ob sie wollte oder nicht. Sie erzitterte leise bei dem Gedanken, mit ihm allein im Schlitten zu fahren, und wußte nicht, ob sie sich freuen oder fürchten sollte vor diesem Alleinsein.

»Sie müssen dann aber meinetwegen einen großen Umweg machen, Herr von Ortlingen.«

Er sah sie mit einem seltsamen Blick an. Mehr als sie fürchtete er das Alleinsein mit ihr. Und doch barg der Gedanke an dieses Alleinsein ein leises Glück für ihn.

»Es wird mir eine Ehre und ein Vergnügen sein«, sagte er hastig und hob sie in den Schlitten.

Da der Kutschbock an seinem Schlitten abgehängt

war, mußte er neben ihr Platz nehmen und bat sie deshalb um Entschuldigung.

Sie lächelte unsicher. »Ich muß außerordentlich dankbar sein, daß sie mich mitnehmen«, scherzte sie.

Ihr Lächeln erregte ihn. Sie sah so reizend aus, mit den geröteten Wangen und den strahlenden Augen. Ein feiner, diskreter Duft entströmte ihrem Haar, und er fühlte, wie sich der weiche Pelz ihres Mantels an ihn schmiegte.

Als sie eine Weile schweigend dahingefahren waren, sagte Ronald endlich mit vor Erregung heiserer Stimme: »Ich habe gestern Ihre Einladung für den Weihnachtsabend angenommen. Sie verzeihen gütigst, wenn ich diese Zusage heute wieder zurücknehme, ich kann nicht kommen.«

Sie sah ihm mit großen Augen erschrocken ins Gesicht. Aber er richtete die seinen starr geradeaus, um sie nicht ansehen zu müssen.

»Und warum können Sie nicht kommen?« fragte sie zaghaft.

Er biß die Zähne fest aufeinander. Sie sah, wie die Muskeln in seinem Gesicht zuckten. Erst nach einer Weile antwortete er:

»Ich hörte gestern, daß Sie Besuch erwarten, einen Herrn, den Sie Ihren guten Freund nannten. Ich nehme an, daß er Ihnen noch mehr ist als ein Freund. Und ich könnte es nicht mit ansehen, wenn dieser Mann, den Sie so zärtlich Bobby nannten, Ihnen gegenüber Rechte geltend macht«, stieß er gequält hervor.

Ihr Antlitz überzog sich mit dunkler Glut. Sie sah ihn an mit einem Blick, in dem ein seliges, jubelndes Hoffen lag.

»Sie irren, Herr von Ortlingen«., sagte sie aufatmend.

»Bobby Blount ist nur mein Freund, nicht mehr. Allerdings wollte er mir einmal mehr werden, aber ich mußte mich ihm versagen; weil ich ihn nicht liebte und nie meine Hand ohne mein Herz verschenken werde.«

Er wandte sich ihr langsam zu mit einem schmerzlich-forschenden Blick. Aber ihre Augen leuchteten so voll und warm in die seinen, daß er alle Fassung verlor.

»Sehen Sie mich nicht so an, haben Sie acht auf sich, sonst mache ich von meinem Schlittenrecht Gebrauch«, stieß er zwischen den Zähnen hervor.

Sie ließ aber ihren Blick nicht von ihm.

»Was ist das für ein Recht, das Schlittenrecht?« fragte sie.

Seine Augen flammten einen Augenblick unbeherrscht in die ihren. »Das Schlittenrecht gestattet jedem Herrn, der eine Dame in seinem Schlitten fährt, sie zu küssen«, sagte er mit verhaltener Stimme.

Sie erzitterte und wurde blaß vor Erregung. Er sah und fühlte das und riß seine Augen von ihr los.

»Nein, nein, fürchten Sie nichts. Sie brauchen nicht zu zittern. Wenn ich Sie auch liebe, wie ein Mann nur ein Weib zu lieben vermag, ich weiß ja doch, daß ich keine Hoffnung haben darf, weiß, daß Sie einen andern lieben.«

Lilian saß wie im Fieber an seiner Seite. Ihre Augen ließen nicht von seinem geliebten Gesicht.

»Wer sagt Ihnen das?« entrang es sich ihren Lippen wie ein Schrei.

Hastig wandte er sich ihr wieder zu und sah sie düster forschend an.

»Sie selbst. Ich muß Ihnen da eine Beichte ablegen. Während des Gartenfestes in Kreuzberg war ich unfreiwilliger Zeuge Ihrer Unterhaltung mit Ihrem Vetter Lothar. Ich hörte, daß er um Sie warb und daß Sie ihn abwiesen. Meine Eifersucht auf ihn zerfiel in nichts. Aber sie wandte sich im verschärften Maße einem Unbekannten zu. Ich hörte, wie Sie Herrn von Kreuzberg sagten, daß Sie Ihr Herz schon verschenkt hätten, ehe Sie hierher kamen. Da wußte ich, daß mir keine Hoffnung blieb. Sie sprachen doch damals die Wahrheit?«

Es lag wie ein letzter Hoffnungsschimmer in seinen Augen.

Wieder stieg dunkle Röte in Lilians Gesicht. »Ja, ich sprach die Wahrheit«, sagte sie mit bebender Stimme.

Er seufzte tief auf. »Ich wußte es. Und dies Bekenntnis von Ihren Lippen hat mich fortgetrieben, in die Welt hinaus. Ich wollte meinen Frieden finden und Vergessen. Aber ich fand beides nicht. Und die ruhelose Sehnsucht nach Ihnen trieb mich wieder heim. Aber ich muß doch wieder fort, will ich mich nicht selbst verlieren. Verzeihen Sie mir, daß ich Ihnen mit diesem Bekenntnis lästig falle, ich hätte schweigen müssen. Aber in Ihrer Gegenwart vergesse ich alles, was ich muß. Also erlassen Sie es mir, Weihnachten nach Kreuzberg zu kommen. Sie werden mich verstehen. Nur eine Frage möchte ich noch an Sie richten. Ist der Mann, der das Glück hat, von Ihnen geliebt zu werden, ein Deutscher oder ein Amerikaner?«

Ein Lächeln lag auf Lilians Gesicht, so strahlend und süß, daß er die Zähne wie im Krampf zusammenbeißen mußte, um nicht aufzustöhnen in wilder Qual.

»Er ist ein Deutscher, Herr von Ortlingen«, sagte Lilian mit leiser Stimme, » und er weiß gar nicht, daß ich ihn liebe. Wir sind beide so töricht gewesen und haben uns so namenlos gequält. Ich sah ihn zuerst in Berlin im Vestibül unseres Hotels. Er ging an mir vorüber und sah mich an mit hellen, grauen Augen, die aus seinem gebräunten Gesicht leuchteten. Und von diesem Augenblick an wußte ich, daß dieser Mann mein Schicksal war, daß ich ihn nie vergessen konnte. Durch Zufall hörte ich gleich darauf seinen Namen. Es war der Name, den zwei Menschen trugen, von denen ich den einen hassen, den andern lieben gelernt hatte, durch meinen Vater.«

Ronald hielt plötzlich mit einem Ruck die Pferde an und sah mit großen brennenden Augen in ihr lächelndes Gesicht, in ihre schönen Augen hinein, die stolz und glücklich leuchteten.

»Ich kam nach Kreuzberg«, fuhr sie fort, »und sah ihn wieder und glaubte, er gehöre einer andern, denn ich sah, daß er sie küßte und ihr heimlich Briefe gab. Da war ich sehr elend; aber ich zeigte mich stolz und kalt, damit er ja nicht merkte, wie es in mir aussah. Mein Herz tat mir oft so unsagbar weh, und ich schämte mich, daß ich einer andern ihr Glück neiden mußte. Und dann, vor kurzer Zeit erst, hörte ich, daß ich mich geirrt, daß nicht er jene andere liebte, sondern sein Vetter. Ich wußte da aber noch immer nicht, ob er mich liebte, aber jetzt weiß ich es, in dieser Stunde hat er es mir gesagt.«

Da brach es wie ein Schrei aus seiner Brust: »Lilian, Lilian, ist es wahr? Du liebst mich?«

Sie nickte lächelnd. »Von ganzem Herzen, von ganzer Seele. Wer war nun törichter von uns beiden, du oder ich?« sagte sie mit hinreißender Zärtlichkeit.

Er küßte zuerst ihre Augen und preßte dann seinen Mund auf ihre Lippen in einem Kuß, der gar kein Ende nehmen wollte und der alle Daseinswonnen umfaßte.

Und sie schmiegte sich an ihn und vergaß alles Herzeleid in seinen Armen.

So saßen sie mitten im verschneiten Winterwald im Schlitten und wußten nichts von der Welt, als daß sie darinnen waren und das herrlichste Glück errungen hatten.

Erst das ungeduldige Stampfen und Schnauben der Pferde riß sie aus ihren Glücksträumen in die Wirklichkeit zurück. Sie schraken zusammen und sahen sich lächelnd an.

»Daß mir nur jetzt das Herz nicht bricht vor Glückseligkeit«, flüsterte Lilian.

Er sah ihr tief in die strahlenden Augen hinein. »Mein! Mein! Lilian, fühlst du, was du mir bist?«

Sie erschauerte vor der heißen Zärtlichkeit, die in seiner Stimme lag. »Mein Herz sagt es mir, ach, Ronald, was haben wir uns für Leid angetan in unserer Torheit.«

Lange noch hielt der Schlitten. Sie hatten sich ja soviel zu sagen, mußten sich all ihre Torheit beichten, ihr Hoffen und Fürchten, ihre Qual und ihr Leid. Dabei verging die Zeit wie im Fluge, zumal sie immer wieder zärtliche Küsse tauschten. Aber endlich löste sich Lilian aus Ronalds Armen.

»Jetzt müssen wir aber nach Hause, Ronald, sonst ist der Kutscher mit den Pferden eher daheim als wir, und Tante und Genoveva sorgen sich um mich.«

»Ach, das tut nichts, ich finde es hier im Wald so wunderschön«, sagte er in übermütiger Zärtlichkeit.

Sie lachte leise. »Ich auch! Aber trotzdem müssen wir heim!«

»Müssen wir wirklich?«

»Ja, und du mußt noch viel mehr.«

»Was denn?«

»Du mußt am Weihnachtsabend nun doch nach Kreuzberg kommen«, neckte sie.

Er sah sie zärtlich an. »Ich werde wohl jetzt jeden Tag nach Kreuzberg kommen müssen.«

»Wird dir das schwer?«

»Sehr schwer, weil ich doch immer wieder fortgehen muß.«

Sie nahm seine Hand und preßte sie an ihre heißen Wangen. »Aber Bobby Blount darf nicht merken, daß wir uns lieben, Ronald. Ich möchte ihm nicht wehe tun.«

»Oh, ich kann mich so gut an seine Stelle denken und will großmütig sein. Vor Fremden dürfen wir ja, der Trauer wegen, unser Glück überhaupt nicht verkünden.«

»Nein. Aber mein lieber Vater ist im Geiste bei uns und segnet unsern Bund. Und deine Mutter auch. Nur Tante Stasi und Genoveva wollen wir einweihen, nicht wahr?«

»Ja, ich fahre dich jetzt nach Kreuzberg und stelle mich ihnen als dein Verlobter vor. Daß unser Glück nicht gleich aller Welt verkündet wird, ist mir sehr lieb. Wir brauchen dann wenigstens keine neugierigen Augen zu fürchten. Aber sobald das Trauerjahr um deinen Vater vorüber ist, wirst du meine Frau, nicht wahr?« bat er, sie an sich ziehend.

Sie schmiegte sich an ihn. »So soll es sein, Ronald.«

Nun endlich faßte Ronald wieder die Zügel und ließ die Pferde ausgreifen. Aber noch mancher Kuß wurde unterwegs getauscht, und es war gut, daß ruhige, sichere Pferde vor den Schlitten gespannt waren, die selbst auf den Weg achteten.

Tante Stasi und Veva hatten schon in einiger Unruhe nach Lilian Ausschau gehalten. Sie sahen sie nun in Ronalds Schlitten zurückkommen und eilten erschrocken hinaus.

»Was ist geschehen, Lilian? Wo ist dein Schlitten?« fragte Veva.

»Gott sei Dank zerbrochen«, antwortete Ronald übermütig. »Tante Stasi, liebe Veva, ihr gestattet, daß ich mir erst einmal mein Schlittenrecht nehme.« Und er nahm Lilians Kopf in seine Hände und küßte sie auf den Mund. Lilian ließ es sich gefallen, und aus beider Augen glänzte das helle Glück. Da faßte Tante Stasi beider Hände.

»Ihr beiden törichten Menschen, mußte denn erst der Schlitten zerbrechen, ehe ihr zur Vernunft kommt?« fragte sie mit feuchtschimmernden Augen.

Lilian fiel ihr um den Hals. »Tante Stasi, bist du denn allwissend? Auch das hast du gewußt?«

Die alte Dame lachte. »Denkst du, ich habe dir umsonst gesagt, daß Ronald sich vielleicht einbilden könnte, du seiest mit Bobby Blount verlobt?«

Ronald und Lilian sahen sich lachend an. »Wahrhaftig, sie weiß alles, Ronald. Du törichter Ronald, wie blind warst du, daß du nicht merktest, was Tante Stasi merkte.«

Er küßte ihre Hände und drückte sie an seine Augen. »Du törichte Lilian, daß du es auch nicht merktest.«

Sie wollten einander umfassen, aber da schob sich Veva lachend dazwischen. »Nein, jetzt will ich euch erst einmal beide umfassen. Ach Lilian, jetzt weiß ich erst, was du gelitten haben mußt, als du glaubtest, Ronald sei mein Verlobter. Hast du mich nicht von Herzen darum hassen müssen?«

»Nein, ich konnte nicht, dazu hatte ich dich viel zu lieb. Ich wußte doch, daß du nichts dafür konntest, daß sich mein eigensinniges Herz just Ronald zuwenden mußte.«

Es kam nun eine selige Zeit für Ronald und Lilian, eine Zeit süßer Heimlichkeiten und leuchtenden Glückes.

Das Weihnachtsfest brachte dann Georg von Strachwitz und Bobby Blount.

Veva lachte und weinte in einem Atem, als sie die herrliche Brautausstattung auf ihrem Gabentisch fand.

»Du bist so gut zu mir, Lilian, wie soll ich dir nur danken«, sagte sie lachend und weinend. Und Georg von Strachwitz strahlte ebenfalls das helle Glück aus den Augen.

Auch Georg wußte um Ronalds Verlobung mit Lilian. Nur Bobby Blount wurde sie sorglich verborgen gehalten. Lilian war lieb und freundlich zu ihm. Aber er wußte, daß er nichts mehr zu hoffen hatte. Augen der Liebe sind blind oder sehr scharf, Bobby Blount merkte trotz alledem, daß Lilian ihr Herz an Ronald verloren hatte.

Gleich nach dem Fest reiste er wieder ab. Diesmal nahm er für immer Abschied.

Georg von Strachwitz blieb bis über Neujahr. Die beiden Brautpaare hatten viel zu besprechen.

Lilian, die Georg sofort eine herzliche Sympathie entgegenbrachte, machte diesem den Vorschlag, seinen Abschied als Offizier zu nehmen und als ihr Administrator in Kreuzberg zu wohnen, mit Genoveva und Tante Stasi, wenn sie mit Ronald nach Ortlingen ging.

»Ich hätte auch sonst noch allerlei für Sie zu tun, Herr

von Strachwitz. Mr. White ist mit seinem Herzen in Amerika und bleibt nur bei mir, weil er es meinem Vater versprochen hat. Er wäre froh, würde ich ihn seines Versprechens entbinden, denn er möchte sich gern in seiner Heimat selbständig machen. Ronald aber hat mit Ortlingen schon genug zu tun. Ich wüßte Kreuzberg bei Ihnen in guten Händen, und vor allem brauchte ich mich nicht von meiner lieben Genoveva zu trennen, die ja doch nicht gern in die enge Stadt zieht. Willigen Sie ein, so ist uns allen geholfen. An Arbeit soll es Ihnen nicht fehlen, und alles andere findet sich.«

Georg von Strachwitz besann sich nicht lange, das verlockende Angebot anzunehmen.

»Was sagst du dazu, Ronald?« fragte er.

»Ich sage, daß meine Lilian nicht nur eine gute Frau, mit allen Vorzügen einer solchen, ist, sondern daß sie sich in diesem Punkt auch als smarte, praktische Amerikanerin gezeigt hat. Ich freue mich herzlich, Georg, wenn du Lilians Anerbieten annimmst.«

Es wurde also beschlossen, daß Veva Ostern Hochzeit halten sollte. Lilians Zimmer samt dem Turmzimmer, sowie die Zimmer ihres Vaters sollten für sie reserviert bleiben. Alle andern Räumlichkeiten sollten dem jungen Paar und Tante Stasi zur Verfügung stehen. Lilian wollte dann bis zu ihrer Hochzeit in Kreuzberg bleiben.

So geschah es auch. Georg reiste wieder ab, um seine Zelte abzubrechen und seinen Abschied einzureichen. Am Tag nach seiner Abreise fuhr Lilian mit Veva und Tante Stasi nach Ortlingen hinüber.

Hand in Hand trat Ronald mit Lilian vor das Bild seiner Mutter. »Gelt, Mutter, das ist die Rechte? Sie soll das Glück wieder nach Ortlingen bringen«, sagte er. Und unter dem Bild der Mutter küßten sich die Liebenden in inniger Zärtlichkeit und heiliger Inbrunst.

Wenige Wochen, nachdem Lilian Ronalds Frau geworden war, führte Lothar von Kreuzberg Hansi von Arnstädt an den Altar. Er hatte sich im Februar mit ihr verlobt, als sie bei der Tochter seines Obersten zu Besuch war. Und nach Lothars eignem Auspruch war er »ganz unverschämt glücklich«.

Zwei Jahre später meldete Bobby Blount seine Vermählung mit einer jungen Deutsch-Amerikanerin.

»Sie hat so schönes blondes Haar wie die frühere Miß Lilian Crosshill«, schrieb Bobby an Lilian.

Zwischen Kreuzberg und Ortlingen schlangen sich die Bande innigster Zusammengehörigkeit. In Kreuzberg lebten Georg und Veva mit Tante Stasi in einem bescheidenen Wohlstand, und in Ortlingen wurde ein großes Haus geführt. Aber unter beiden Dächern wohnte das Glück, und den beiden jungen Ehepaaren lachte es aus den Augen.